堅物副社長の容赦ない求愛に
絡めとられそうです

目次

堅物副社長の容赦ない求愛に
絡めとられそうです

プロローグ

背中にはひんやりとした床、私にのしかかる体温の高い身体。

私は貴《たかし》さんに押し倒されていた。

普段はクールで整った顔が、じっと熱く私を見下ろしてくる。

「あかり……」

耳もとで名前を呼ばれたかと思ったら、ちゅっと湿ったやわらかいものが耳に当たった。

彼の唇だ。

それに気づき、顔が燃えるように熱くなる。

唇が私の耳から頬に移り、そのくすぐったさに彼から逃げようとすると、後頭部を掴《つか》まれてキスされた。

そのキスはこの間と違って、ひどく情熱的で。

そのまま深く強く吸いつかれる。

苦しくなって唇を開けると、舌が入り込んできた。

びっくりして身じろぎしようとしたけど、頭と腰にしっかり手を回されて動けない。

貴さんの舌は私の舌を探し当てると絡みついた。そして、また吸いつかれる。

「んっ！　ぅんんっ……」

角度を変えて何度も吸われるうちに酸欠のようになって、ぼんやりしてくる。

そんな私の口を解放した貴さんは、頬に手を当てて見つめてきた。

「あかり、僕は君が欲しい」

「……!?」

突然の言葉に驚いた。

私を切望する瞳に息を呑む。

普段は冷たい彫刻《ちょうこく》のような彼の顔から男の色気が滴《したた》り、明確な欲望が見えた。

第一章

「國見《くにみ》コーポレーションの國見貴と申しますが、担当の佐々木《ささき》さんはいらっしゃいますか？」

彼がうちの会社、田中《たなか》プランニングを訪れた時、みんな一瞬フリーズした。そして、ザッと私を振り返る。年が明けて仕事始め早々のことだった。

現れたのは、銀縁眼鏡の超美形。ギリシャ彫刻《ちょうこく》を思わせるような整った造作に少しくせのある黒い前髪が落ちかかり、均整の取れた長身の身体には紺のピンストライプのスーツ。

その姿は美麗で、彼の周りにだけ光が差しているよう。とても田舎の零細企業に現れるような人物に見えなかった。

「佐々木は私です……」

なんで、私？　と思いつつ、手を挙げて席を立つ。彼は怜悧そうな瞳を私に向けて会釈《えしゃく》し、眼鏡のブリッジを押し上げた。

その妙に色気があるしぐさに、周囲から、ほぉっと息を吐く音が聞こえた。

私は佐々木あかり。二十六歳。田中プランニングに勤めて五年目になる。

うちの会社は公的機関からの業務委託をメインにしており、私はここ天立《あまだて》市から委託された地域活性化事業を担当している。具体的に言うと、古民家を利用した宿泊施設やカフェ、地元名産品を売るショップなどの運営、広報の担当だ。

名所らしい名所がない天立市に観光客を呼び込もうとホームページを整えたり、ＳＮＳでショップのアピールをしたりと日々努力している。だけど、田舎すぎて残念ながら成果は芳しくない。天がついている地名なだけに星空は綺麗なんだけどね。

市の予算を使って古民家の整備をしているのに、結果が出ないのは非常にまずい状態だ。もうすぐ宿泊施設もオープンできそうなのに。


「國見副社長、行き違ったようで、すみません！　急なことでまだ佐々木には話していなくて……」

田中社長がそう言いながら、大慌てで走りこんできた。

社長は七三の髪、柔和な顔、安定感ばっちりの体形を備えたバイタリティあふれる人だ。今日、市役所の担当に呼ばれて打ち合わせに行っていたはずだった。

なんのことかわからず、社長とイケメンとを交互に見ると、その美形はこれ見よがしに溜め息をついた。

「先ほども言いましたように、私は夕方までに東京に戻らねばなりません。申し訳ないですが、時間がないのです」

整った顔だけど表情に乏《とぼ》しい彼の忙しいアピールに、なんだか感じ悪いと思う。

東京まで三時間はかかるので、夕方までに戻りたいなら、確かに時間はないけど。

社長はペコペコしながら、ドアを指した。

「とりあえず、会議室へどうぞ。芝《しば》さん、お茶をお願い」

事務の芝さんに声をかけると、社長は國見副社長という人を会議室へ案内した。私を手招いて——


二人を追って会議室に行くと、美形に紹介された。

「國見副社長。改めまして、田中プランニング社長の田中博《ひろし》です。こちらが担当させていただく佐々木あかりです。若いですが、よく気の利く優秀な社員です。なんでもお申しつけください」

社長が私に下駄をはかせるような紹介をすると、國見副社長は切れ長の涼しげな目を私に向けた。

「佐々木あかりと申します。よろしくお願いいたします」

「國見コーポレーションの國見貴です」

私が名刺を出すと、彼も名刺を出して名乗った。その爪先は整っていて、指でさえも繊細で美しい。

(國見コーポレーション?)

先ほどは國見副社長のあまりの美形ぶりに気を取られて聞き流していたけど、國見コーポレーションといえば、テレビCMを打つほどの都市開発企業最大手だ。そんな社名を聞いて、びっくりする。

妙に耳に残るCMのフレーズが脳内で再生される。

～あなたに夢と癒《いや》しを。國見コーポレーション～

あの國見コーポレーション⁉

しげしげと名刺を見てしまう。

「急なことで申し訳ありませんが、よろしくお願いします」

丁寧にそう付け加えられ、大企業の副社長の割にえらそうじゃないことを意外に思った。

（肩書きだけで人を見てはいけないわよね）

そう思ったのに、打ち合わせに入ってすぐに前言を撤回したくなった。

席につき、お茶が出されると、田中社長は話し始めた。

「國見コーポレーションさんでここ一帯をリゾート開発する計画があるそうなんだ。そこで、國見副社長が事前調査されることになってね。その間の窓口担当を佐々木さんにやってもらおうと思ってるんだ」

（えぇーっ！　なんで私⁉）

びっくりして目を見開く私をクールに見つめた國見副社長は、田中社長に視線を移した。

「佐々木さんは驚かれているようですね。先ほどおっしゃっていましたがかなりお若く見えます。失礼ですが、御社にはベテランの方もいらっしゃるのに、なぜ佐々木さんが担当なんでしょうか」

下っ端の若い女が担当なんて大丈夫かとほのめかされたようで、カチンとくる。

働き始めて五年目というのは経験が浅いと思われるかもしれないけど、入社以来携わっている天立市の地域活性化事業については私が誰よりも詳しいと自負している。別にこの人の担当になりたいわけじゃないけど。

　言い返そうとしたら、社長が先んじて反論してくれた。

「佐々木さんは長くこの天立市の観光振興事業を担当していて、よく調べているから適任なんですよ。それに古民家も彼女の担当ですし」

「確かに古民家も担当していますが……なにかに使われるんですか？」

　わざわざ出された言葉が気になって口を挟むと、社長がこちらに目を向けた。國見副社長も補足してくれる。

「國見副社長はここに滞在中、古民家に泊まりたいそうなんだ」

「適当なビジネスホテルもないようですし、せっかくなら、実際に開発予定の古民家に宿泊したいと思ったのです。お手数をおかけしますが」

「ちょうど一つ宿泊施設が完成しただろ？　そこを國見副社長に使ってもらおうかと思ってるんだ」

「でも、しばらく滞在されるには電化製品やリネンなどが揃っていません。清掃も入れないといけないですし……」

「至急やってくれ。國見副社長は来週から来られるそうだから」

「来週、からですか……？」

　急な話すぎて不満を言いたくなったけど、観察するように私を見ている國見副社長に気づき、慌てて表情を取りつくろった。

「承知しました。来週からですね。ご用意いたします」

「お願いします」

「いえ、こちらこそ、よろしくお願いいたします」

慇懃《いんぎん》に頭を下げた國見副社長に、こちらも頭を下げ返した。

今日のところは本当に顔合わせに来ただけのようだった。彼はそのあと軽く来週からの段取りを話すと、打ち合わせがあると言って、さっさと東京に帰っていった。

○●○

「社長〜、どういうことですか！」

國見副社長が帰ったあと、執務室に戻ってきた私は社長に詰め寄った。

「ご、ごめん！　でも、僕だって寝耳に水だったんだよ。観光課の担当に呼ばれて行ったら、いきなり市長室に通されてリゾート開発の話をされたんだ。國見社長から市長に直々に要請があったらしくて、絶対逃すなって言われるし、そこに國見副社長が現れて、紹介されて……。でも、うちとしても國見コーポレーションと提携できるなんておいしい話だろう？」

うまくいったら、國見コーポレーションと一緒にリゾート開発に携わることになるそうだ。天立市としては絶対成約させたいだろうし、社長が言うのも確かにわかる。

「あの大企業が開発に携わるなら、観光客がわんさか来てお金を落としてくれて、うちの施設はウハウハですね！」

「ウハウハって、君ね……」

社長は私の直接的な表現が気に入らなかったみたいで、ちょっとあきれたような顔をしたけど、問題はそこじゃない。

「でも、なんで私なんですか！　國見副社長はあきらかに不満そうだったじゃないですか！」

社長が私を選んでくれたのは有難《ありがた》いものの、彼の冷ややかな視線を思い出してむかむかする。

私の勢いにたじたじになった社長は早口で弁解した。

「さっきも言ったように、國見副社長は古民家に泊まりたいそうなんだ。宿泊施設は君の担当だろ？　それに彼は若いから、君がひっついてアピールしまくったらうまくいくかな～と思って。市の担当も賛成してくれたし、國見副社長もさー、こんなむさいおじさんじゃなくて、君みたいに若いかわいい女の子が担当のほうがいいと思うんだよねー」

周りを見渡して社員の面々を指すと、むさいおじさんと言われた先輩たちが苦笑した。

若手の先輩がもう一人いるけど長期出張中だから、会社に残っているのはおじさんばかりだ。

だからといって、そんな理由で担当にされるのは腹立たしい。

「社長、それセクハラです」

「ごめん！　でも、市長案件だよ？　わざわざ市長から念を押されたんだ。先に退出した國見副社長に続こうとしたら、呼び止められて。すごい圧力だろ？　プレッシャーをかけられている間に彼がここに来ちゃったんだよ。会社としても、この話が流れるとまずいんだ。来年の予算が減らされたら死活問題だし」

社長が泣き言を言い、私に手を合わせてきた。

「……実際、佐々木さんが一番ここの観光事業や古民家に詳しいし、熱意もガッツもあるし……少しでも可能性を高めたいんだよ。いいだろ？」

私は溜め息をついた。

（大企業の副社長が、私ごときの魅力に惹かれるはずないと思うけど）

私は色っぽいタイプでも美人でもない。顎《あご》までのストレートボブに、いたって普通の顔だ。強《し》いて言うなら、ちょっと大きめの目が特徴的かなという程度。

それに男性には興味がない。

それでも古民家の担当であることに違いはないので、じとっとした目で見つめたまま、私はしょうがないとうなずいた。

ぱっと笑みを浮かべた田中社長は、「ありがとう！　それじゃあ、よろしくね」と明るい顔で詳しい説明をしてくれた。

副社長は國見コーポレーションの御曹司。三ヶ月の間、天立市最大のアピールポイントである築百年を超える古民家群の一つに泊まり、市内を視察した上で、開発の適不適を判断するらしい。

私の役目は彼を要所に案内して、売り込んでいくことだ。

（むちゃくちゃ責任重大じゃない！）

市長案件というのもプレッシャーだ。

古民家を改修した宿泊施設はできたばかりで、まだ稼働していない。でも、実際に泊まってもらえたら、良さをアピールできるはず。

稼働している古民家は、見学するだけのもの、お土産物屋になっているもの、カフェになっているもの、郷土料理レストランになっているものだ。

他にも温泉地や渓谷など、見どころはそれなりにある。

そこに案内すればいいのかしら？

にこりともしなかった國見副社長を思い出して、ちょっと憂鬱になった。

反対に社長がにこやかにはっぱをかけてくる。

「よし、君がプロジェクトリーダーだ。全力でサポートするから絶対に逃すな！　なにがあってもリゾート開発を勝ち取るぞ！」

プロジェクトリーダーなんて、私一人しかいないチームなのに調子のいいことを言って……

(まぁ、やるからには頑張りますけど)

溜め息をついたあと、頭を切り替えた。

まずは来週に迫った國見副社長の来訪までに、古民家を整えなくてはならない。

私は急いで清掃業者の手配に、水道、電気、ガスの開始手続きをして、すぐに生活できるよう準備をした。

もともと宿泊施設として作っているから、照明、空調、机やベッドなどの家具はあったけど、生活を想定した家電はまだなかったので、慌てて追加した。調理道具や食材、日用雑貨も揃え、すべての準備が終わったのは、副社長が来る前日だった。

「これだけ用意したら十分よね？」

母と二人暮らしで、昔から家事をしていたから、必要なものはわかっているつもりだ。

近々家を出たいと思っていたので、それらの手配は一人暮らしの予行練習みたいだった。

古民家を最終チェックして、満足してうなずく。

それが、あんな展開になるとは、夢にも思っていなかった。

○●○

「それでは、これから三ヶ月間よろしくお願いします」

銀縁眼鏡をキラリと光らせた國見副社長は、相変わらずの美形ぶりで私に挨拶《あいさつ》をした。

私たちは会議室で打ち合わせを始めるところだった。

「こちらこそ、よろしくお願いいたします。改めまして、このたびは天立市に興味を持っていただきありがとうございます。早速ですが、当市のご説明から……」

私はまずパンフレットを見せてこの地域の特徴を説明しようとした。

「天立市。前年度の調べで人口五万四千三十二人。面積三百三十四キロ平方メートル。一級河川が形づくった平野部とその源流点となる山間部で構成されており、渓谷や林、滝など、豊かな自然と景観に出会える……。私はそんなホームページにも載っているような話を聞きに来たのではありません。もっと実のある内容をお聞かせくださいませんか？」

國見副社長はちらっとパンフレットを見やると、まさにそこに書いてあるような内容をスラスラと暗唱してみせた。

事前調査はばっちりということなのだろうけど、慇懃無礼《いんぎんぶれい》を絵に描いたような態度にカチンとくる。

私は負けず嫌いなのだ。

「國見副社長は事前に当市のホームページまで見ていただいていたのですね。有難《ありがた》いです」

「『築百年を超える古民家が並ぶ歴史ある風景。山と川が織りなす自然景観。おいしい空気。ぜひ天立市で非日常に触れ、心の疲れを癒《いや》しませんか？』」

國見氏は私が考えたキャッチコピーをそらんじた。

一字一句合っていて、記憶力がいいのねと感心した私は、続いた言葉に顔を引きつらせた。

「実に平凡なキャッチコピーですね。どこの田舎でもほぼ通用する。父がこれのどこに惹かれたのか理解に苦しむ……」

彼は後半は独り言のようにつぶやき、私の表情を見て「あぁ、失敬」と、眼鏡をくいっと上げた。

（なによ！　そっちからリゾート開発したいって言ってきたんじゃないの！　副社長は反対派なわけ？）

ムカッとしたものの、『絶対に勝ち取るぞ！』という社長の言葉を思い出して、無理やり笑顔を作って言った。

「それでは、國見副社長に天立市の魅力が伝わるように、最大限努力させていただきますね」

私は分厚いファイルの束をドサッと机の上に出した。

少しでも引きになるところはないかと、天立市内を回って集めた資料だ。

「それは助かります。ご存じの通り、弊社ではここ天立市の大規模リゾート開発を考えております。その実現可能性を探りに私が派遣されたわけです。見込みがないのに投資しても仕方ないですからね」

眼鏡のブリッジに人差し指を当てて、冷めた目でこちらを見る國見副社長は、全然乗り気じゃないようだ。

そこで、あえて前向きな質問をしてみた。

「見込みがあれば、どういう流れになるんでしょうか？」

「御社と業務提携して、地元の方との調整をしていただきつつ、景観、文化、食などさまざまな観点から人を惹きつける施設を開発します。同時に交通網の整備等も計画しないといけませんね」

「交通網の整備とはすごいですね」

ずいぶん大きな話だなと声をあげたら、國見副社長が「当然でしょう」とあっさり言った。

「ここでの主な移動手段はなんですか？」

「自家用車ですね。バスの本数が少ないので」

「それは旅行客には致命的じゃありませんか？」

「その通りです」

「来てもらっても、自由に動けないと話になりません。宣伝はそのあとですね」

淡々と告げられて、うなずくことしかできない。

さすが大企業の開発はうちとはスケールが違うなぁ。

相当な額のお金が動くから、慎重にならないといけないってことね。

私は國見副社長にここの良さを伝えるべく、ファイルを開いた。

まずは、最近幸運にも掘り当てた温泉の情報。これはまだ整備中だから、ホームページには載せていない。

（これは知らないでしょ？）

どうよ？　と自慢げにアピールすると、「ふうん。温泉ですか。まぁ、ないよりましですね」とのたまった。

（く～、うちの貴重な観光資源をないよりましって！　腹が立つわ、この人）

でも、怒るわけにはいかない。

私は写真や資料を見せながら、観光資源の紹介を続けた。

渓谷を流れ落ちる川、名水、それを使ったおいしい日本酒に料理。星降る夜空、そしてなにより、大正時代の町並みが残る古民家群。

にこやかに説明をしながら、そういえばまだ、この人の笑顔を一度も見ていないことに気がついた。私が熱くこの市の魅力を語る間も含め、硬い表情を崩さない。

(愛想笑《あいそわら》いぐらいすればいいのに!)

話はちゃんと聞いて相槌《あいづち》を打ってくれるものの、表情が動かない整った顔を睨《にら》みつけたくなった。

○●○

「こちらが國見副社長に滞在していただく古民家です。生活できるよう整えてありますが、なにかございましたらお申しつけください」

私たちは彼が宿泊する予定の古民家の前まで来ていた。

ホームページに載っていない情報をざっと話したあと、説明ばかりするより見てもらったほうが早いと、現地を案内したのだ。

いろいろ説明してみて感じたのは、國見副社長はすごく真面目だということ。堅物と言ってもいいかもしれない。

事前にしっかり調べてきていて、次々と鋭い質問をしてきた。

「古民家だとそれほど大きくないので収容人数が限られますよね?」

「一棟あたり最大十名です。宿泊できる古民家は六棟あり、國見副社長に泊まっていただくものの他は整備中です」

「それをどう運営するおつもりですか?」

「基本は一棟貸しで考えております。それぞれ台所がありますが、食事は近くの食堂で作ったものをお出しする予定です。稼働後は一番端の古民家にスタッフが常駐して、六棟のお客様のお世話をすることになっています」

図面を見せながら、古民家の配置を説明する。

なるほどと眼鏡のブリッジに指を当て、國見副社長はうなずいた。

「客室稼働率をどう見込んでいますか？」

「六割は取りたいと思います。一棟は女性専用にして、一人旅の方も泊まりやすいようにするつもりです」

「それはいいですね。まだ他にも古民家がありましたよね？」

「はい。酒蔵や土産屋などに利用しています」

「こちらは？」

國見副社長は、図面の青い斜線で囲まれた部分を指さした。

「あぁ、そのエリアの古民家はまだ市の予算が下りてなくて、整備できてないんです」

「そうですか。じゃあ、宿泊施設を増やす余力が多少あるのですね。まぁ、弊社が開発することになれば、この他に大型宿泊施設を建設することになると思いますが」

どんどん降ってくる質問に、緊張しつつも答えていく。

とりあえずは及第点なのかうなずいてはくれるものの、気は抜けない。國見副社長はなんていうのか、笑顔がないのと同じで遊びもないのだ。

(疲れないのかなぁ。私は疲れる！)

息が詰まった私は、早々に古民家の中に入ることにした。

古民家は、漆喰《しっくい》の白壁に下見板張りという板チョコを張り合わせたような外観で、石畳の道に沿って十四棟並んでいる。この一画は、見慣れている私でも趣があると思う。

その中のちょうど真ん中に建つ一棟に、格子戸を開けて入る。

広い石張りの土間を上がると、中央に囲炉裏がある板張りの部屋が広がっている。

床板が冷えていて、足裏がジンとした。

空調は完備しているけど、天井が高い古民家は効きが悪い。

一月中旬の今は、冬まっさかり。

外よりひんやりした屋内に、アピールするには一番不利な時期だったなぁと思う。

それでも、國見副社長は吹き抜けの天井や、年季の入った太い梁《はり》を見上げて、「ふ～ん、いいな」とつぶやいた。

(そうでしょ、そうでしょ。ここは素敵なのよ！)

雰囲気のある室内を見回す國見副社長は、まるで映画のセットの中にいる俳優みたいだった。パンフレットに使いたいと思うほど。

この古民家は見た目だけじゃなく、ちゃんとバリアフリーにも気を使っていて、土間から上がる一角にスロープをつけている。

そういった点もアピールすると、生真面目な顔で彼はうなずいた。

「この隣は居間になっていて、そこから個室に繋がっています。ここから先はあえてモダンに改装しています」

あくまで宿泊施設にする予定なので、快適さを優先している。トイレも洋式だし、寝るのもベッドだ。

でも、仕切りは板戸や雪見障子にしていて外に目を向ければ日本庭園が見えるし、風情はばっちりだと思うんだよね。

どうだと自慢げに案内していく。

ちらっと彼を見上げると、好感触のようで、自信を強める。

だけど――

「うわぁぁぁ！」

突然、國見副社長が大声をあげた。私の背後に回って、張りつくようにして肩を掴《つか》まれる。どきんと心臓が跳ねた。

「な、なんですか⁉　どうされたんですか？」

「く、く、く……」

「く？」

笑っているのではなさそうだけど、意味がわからない。

振り返ると近いところに彼の綺麗な顔があり、動揺しているのかカッと目を見開いている。美形はこんな顔も綺麗なんだなぁとしみじみ思っていると、彼は震《ふる》える指で、部屋の隅を指した。

そこには小さな生き物がいた。

「あぁ、クモですね」

私は持っていたバインダーにクモを登らせると、庭に放した。

「き、君は虫が平気なのか？」

「えぇ、なんともありません。もしや、怖いんで……」

「そんなわけないだろう！」

食い気味に否定された。

でも、あきらかに逃げて、私の後ろに隠れてましたよね？

よっぽど動揺したのか、少しうるんだ瞳で私を見つめる。

慇懃《いんぎん》無礼《ぶれい》で澄《す》ました彼が取り乱しているのがちょっとかわいく思えた。

「こ、ここには、あんな虫が出るのか？」

「そりゃあ、自然に近い土地ですし、そこら中にいますよ」

國見副社長はめまいがするという様子で額に手を当てた。

「やっぱり虫が苦手なん……」

「違う！　ただ、不衛生じゃないか！」

「Gのつく虫の対策はしていますよ」

「当たり前だ！」

國見副社長がわめいた。

否定しているけど、どう見ても彼は虫が苦手のようだ。

「あっ、ここにもクモが」

試しにそう言ってみると、國見副社長が飛び上がった。仮想のクモをバインダーに登らせて、窓から放すふりをした。

彼は顔をこわばらせたまま、視線だけでそれを追うと、止めていた息を吐いた。

その様子に、老婆心ながら心配になってしまった。

「あのー、國見副社長、ここで一人暮らしできます？」

「バ、バカにするな！　一人暮らしには慣れている」

「虫が出たらどうします？」

「そもそも虫は外にいるものだろう？　外なら気にも留めないのだが……」

「現にここにいますよね？」

グッと詰まった國見副社長はじっと私を見た。

眼鏡のブリッジに指を当て、なにかを考えているようだ。そして、口を開いた時にはもとの冷静な口調に戻っていた。

「佐々木さんはここの責任者なんですよね？」

「はい」

「家の中に出た虫をなんとかするのも責任者の役目じゃないですか？」

「役目ですか？」

「虫が出るなんて管理に問題があります。責任を取ってもらわなくては」

言われたことの意味がわからなくて、私は首をひねった。

「そう言われましても、虫なんていつ出るかわからないですよ？　ここに同居でもしない限り、対策しようがないです」

「それなら、そうしてください」

「えっ？」

「もしくは不衛生な場所を提供されたと社に報告し、このお話はなかったことに……」

「いやいやいや、それは困ります！　でも、それなら、御社から他に誰か派遣してもらえば……」

今度は私がかぶせるように言った。

そもそも大会社の現地調査なのに、副社長が単身で来るのがおかしいんだよね。

「それはできかねます」

眼鏡をくいっと上げて、國見副社長は言い切った。

なにか事情がありそうだけど、教えてくれるつもりはないらしい。


必ず勝ち取れと言われてるのに、初日で副社長を怒らせて帰してしまうなんて、まずすぎる。私が折れるしかないのかな……

しばし、私たちは黙って見つめ合った。

「あぁ、女性には不自由しておりませんから、ご安心ください。もちろん、他の方に対応していただくのでも構いません」

國見副社長がしれっと付け加える。

私に女の魅力があるとは言い難いけど、その言い方はないんじゃない？

むかむかする。でも、ふと、ここに同居するというのは、私にも好都合だと気づいた。

つい一ヶ月前、私を一人で育ててくれた母が、結婚したい人だと言って近藤《こんどう》さんという男性を連れてきた。近藤さんは母の職場の上司で、昔から私たち親子を気にかけてくれた。

父の顔さえ覚えていない私は、優しくしてくれる近藤さんを本当の父親みたいに思っていた。

彼が早くに奥さんを亡くして以来ずっと独り身だと知ってから、二人が結婚してくれたらいいのにとひそかに願っていた。

当然、私は諸手を挙げて賛成した。

だからこそ、二人が私に気兼ねしないように家を出なきゃと思っていたのだ。

しかし、その話を伝えると、二人は私の一人暮らしにいい顔はしなかった。私のことを追い出すように感じているのだ。

(これは家を出るチャンスじゃない？　仕事だと言えば、お母さんたちも納得してくれるわ)

國見副社長はさっきまでのうろたえた表情を消し去って、眼鏡の奥のクールな目で私を見ている。

(この慇懃無礼《いんぎんぶれい》メガネが私を襲うことはないわよね。それなら、別にいいか。三ヶ月だけだし)

「……仕方ありませんね」

「それでは、引き受けてくれますか？」

「はい、わかりました。ここで虫対策をさせていただきます」

私は覚悟を決めて、うなずいた。


とりあえず報告のために会社に戻ると、國見副社長は田中社長相手にさっきの持論を展開した。

「つまり、佐々木さんと同居したいということですか？」

「いえ、彼女と同居したいのではなく、対策をしていただきたいと言っているのです。虫が出たら、可及的速やかに。それをしていただけるなら、佐々木さんである必要はありません」

國見副社長は眼鏡のブリッジを押さえ、かっこつけて言っている。

(ようは虫が怖いってだけよね)

私はおかしくなって、噴き出しそうになるのをこらえた。

「佐々木さんはいいのか？」

「はい。問題ありません」

はっきり返事をすると、田中社長はこそっと私に耳打ちした。

「でも、独身の女の子なのに外聞が悪くないか？」

「外聞もなにも、私は恋人がいるわけでもないし、結婚する気もないので大丈夫です。そもそも宿泊施設ですし。それより、この仕事を勝ち取らないとヤバいんですよね？」

「そうなんだよね〜。でも、本当にいいの？」

「実は私、家を出たかったので、ちょうどいいんです」

「それならいいけど」

にっこり笑って見せると、社長はためらいながらもうなずいた。

宿泊施設で個室があるから、離れた部屋を使えば、最低限のプライベートは確保できる。

ベッドもクローゼットもあるから、服と必需品さえ持っていけば当面は住めるだろう。

室内を整えたのは私だから、設備についてはよく知っていた。

誰かと同居なんて窮屈《きゅうくつ》だなあとは思う。しかも、こんな神経質そうな人と。でも、まぁなんとかなるだろう。

私の唯一の趣味だけは、ままならないかもしれないけど。

「それでは、佐々木さん、今日からしばらくよろしくお願いします」

話がついたのを見て、國見副社長はにこりともせず慇懃《いんぎん》に頭を下げた。

○●○

「あかりちゃん、本当に今日から行くの？」

準備のために今日は早退していいと社長から言われ、私はまだ明るいうちに家に戻ってきていた。

しばらく家を出ると言うと、驚いた母にあれこれ聞かれた。

服や化粧道具などの必要品をキャリーバッグに詰めながら答える。

「仕方ないのよ。虫が怖い御曹司の面倒を見ないといけないから」

「男の人と住むの!?」

「住むといったって、ホテルの違う部屋に泊まるようなものよ?」

実際は共有部分が多いので距離は近いけど、心配させないようにそう言った。

「それに、ここも近いし。荷物を取りにとか、ちょこちょこ戻ってくるわよ」

「そう? でも、気をつけてね。あかりちゃんはかわいいいから」

「ふふっ、そんな心配いらないわよ」

親バカ丸出しの母の言葉に笑ってしまう。

「笑いごとじゃないわよ! かわいい娘なんだから!」

「はいはい」

拗《す》ねたように言う母こそ、娘の目から見てもかわいらしい。

たくさん苦労しただろうにほんわかした雰囲気で、頑張る姿を見たら思わず助けてあげたくなる人だ。

実際、母は近藤さんと出会うまでも彼氏が途切れたことがない。

近藤さんも一生懸命でかわいい母だから惚れたに違いない。

(こんなお母さんを捨てたなんて、お父さんもバカね)

想像上の父に心の中で舌を出す。

私が四歳の時、父の本当の奥さんに子どもが生まれて、私たちは捨てられた。

母は手切れ金を持って、実家があった天立市に戻ってきた。祖父や祖母はすでに亡くなっていたけど、家はあったので、私たちはさしてお金に困ることもなく暮らせた。

でも、婚外子というのは田舎ではわかりやすく疎外された。

母のことは大好きだ。けど、既婚者との間に子どもをもうけるとか、男の人がいないと生きていけないところとか、私には信じられない。みんなが言うようにふしだらと思ってしまう。人を好きになったことがない私には、世間のそしりを受けてまで自分の意志を貫くその熱情を理解できない。

いや、むしろ理解できるようになんてなりたくなかった。

会社で事務の芝さんに「あんなイケメンと同居なんていいじゃない。玉《たま》の輿《こし》も狙《ねら》えるかもよ」とからかわれたけど、冗談じゃない。私は独身主義だ。

ここで、一人たくましく生きていくのだ。

玉《たま》の輿《こし》なんてまったく興味ないし、慇懃《いんぎん》無礼《ぶれい》メガネなんてなおさら興味ない。

(まぁ、顔はいいけどね……)

國見副社長の整った顔を思い浮かべる。

そりゃあ、私だって綺麗なものは好きだから、目の保養にはなると思う。

でも、美人は三日で飽《あ》きるというように、イケメンだって三日もすれば見慣れると思うのよね。

そんな失礼なことを考えながら、荷物を持ち上げた。

「じゃあ、行ってきます!」

「いってらっしゃい。くれぐれも気をつけてね」

「うん。お母さんは近藤さんとラブラブしててね」

「こらっ」

「あはは」

私は母に手を振ると、車で古民家に向かった。


古民家に着くと、入口に國見副社長が立っていた。

もしかして、家の中は虫がいるかもと思って、入れなかったのかな？

この寒い中に気の毒なことをした。

「お待たせして、すみません。先に中に入っていただいても良かったのに」

「いえ、そんなに待っていません」

窓を開けて声をかけると、そっけなく答えてくる。

急いで車を駐車場に停めて荷物を出していたら、彼が手伝ってくれた。

「ありがとうございます」

「荷物があれば手伝うのが普通でしょう」

(もしかして荷物が多いだろうと思って、待っていてくれたの？)

紳士的な言葉に、感じ悪いと思っていたのを申し訳なく思う。

やり取りの際に触れた國見副社長の手は、氷のように冷たかった。思ったより長く待たせてしまったようだ。

古民家の中に入り、「温かいお茶でも淹《い》れましょうか？」と気づかった。

「あぁ、それなんですが……」

すると、きまりが悪そうに眉を寄せ、國見副社長が言った。

「他人が作ったものはあまり……」

「他人が作ったもの？」

つまり、私の淹《い》れたお茶は飲めないと？

唖然《あぜん》として彼を見つめた。

「もしかして、國見副社長は潔癖症《けっぺきしょう》なんですか？」

そう指摘すると、彼は眉をひそめた。

「違います！　ただ綺麗好きなだけです！　それから申し訳ありませんが、プライベートまで役職で呼ぶのはやめてくれますか？　息が詰まります」

さすがにこの人も、プライベートは気を緩めたいのね。

本当に息が苦しいとでも言うように、彼はネクタイを緩めた。

そのしぐさは無駄に色っぽい。

（確かに家で仕事のことを思い出したくないよね）

私は素直に呼び方を変えた。

「じゃあ、國見さん」

「名字で呼ばれるのは嫌いです」

「えっと、じゃあ、貴さん？」

「はい。お茶は私が淹《い》れます」

「え、あ、ありがとうございます」

貴さんは私の荷物を居間に下ろすと、すたすたと台所に行き、お湯を沸かし始めた。念入りにやかんを洗ってから。

私はお茶の葉のありかを教えようと、そのあとに続いた。

「お茶っ葉はここに……」

「ありがとう」

貴さんは私が指した茶筒をさっと取り上げ、手慣れた様子でお茶を淹《い》れる。

「あぁ、それから食事も私が作りますから、良かったら、佐々木さんも食べてください」

「それは助かりますが、別々でも良くないですか？」

「申し訳ありませんが、なるべく料理道具を他人に触られたくなくて……」

(やっぱり潔癖症《けっぺきしょう》じゃない！)

この調子だと、他にも嫌がることが多そうだ。気を使うなぁと先が思いやられる。

(それにしても、貴さんって料理できるんだ。スペック高いなぁ。まぁ、他人の作ったものを食べられないなら自分で作るしかないけどね)

私は料理が好きでも嫌いでもない。だから作ってくれるというなら楽でいいけど、接待しないといけない立場なのに、私の分までいいのかな。

まぁ、本人がそれを望んでいるんだからいいか。

あれこれ考え、私はうなずいた。

「わかりました。お願いしてもいいですか？　でも、結構不便じゃありませんか？　外食もできないでしょうし」

副社長で御曹司の貴さんなら、接待だってありそうなのに。そう思って聞くと、貴さんは首を振った。

「見えないところで作られたものなら、想像力をシャットダウンすればなんとか大丈夫なんです。目の前で作られると、その料理人の衛生状態から調理器具や設備の清潔さまで気になって、気持ち悪くなってしまって……」

それでも結局は我慢して食べるんですが、と貴さんは言った。

「ご実家ではどうされてたんですか？」

「一人暮らしをするまでは、お手伝いさんが出すものを頭を無にして食べていました」

淡々と告げられた言葉に、難儀な人だなぁと思う。

そして、関係ないけど、御曹司の家にはお手伝いさんがいるんだと感心した。

「その理屈で言うと、私が手をしっかり消毒してここで料理をしたら、条件はクリアできませんか？　ここの清潔さは思う存分調べられますし」

ふと思いつきで言うと、思ってもみなかったのか、貴さんは硬い表情を崩して目を瞬《またた》かせた。

「……その考えはありませんでした」

「試してみます？」

「まぁ、そのうちに」

お茶を座卓に運ぶと、座布団を出して座る。

床暖房を入れておいたので、だんだん足もとが温かくなってきた。

貴さんが淹《い》れてくれたお茶は、甘みが出てまろやかでおいしかった。

淹《い》れ方が上手だわ。

「あぁ、そういえば、私に対して、敬語を使わなくていいですよ？」

「それは有難《ありがた》い。それじゃあ、君も……」

「いいえ。貴さんはお客様ですし、たぶん、年上ですよね？」

「僕は二十九だ」

「私は二十六歳ですから、やっぱり年上ですね。それなのに、言葉を崩すわけにはいきません」

「なら、好きにすればいい」

呼び方を砕《くだ》けたものにしたいなら、しゃべり方も合わせたほうがいいかなと思って提案すると、貴さんは早速変えてきた。プライベートでも敬語で話していそうな人だけど、実際は違うみたい。

このほうが私も落ち着く。

「ついでだから、ここに住む間のルールを決めよう」

「そうですね」

潔癖症《けっぺきしょう》のことといい、最初からルールを決めておいたほうがトラブルが少ないだろう。

私がうなずくと、貴さんは条件を挙げ始めた。

「さっきも言ったように、食事は僕が作る。食材も僕のほうで必要なものを買うので、お構いなく」

今冷蔵庫に入っているのは、私が用意した野菜や肉類だ。ついくせで、セール品の豚肉とかを買ってきちゃったけど、きっと御曹司様のお口には合わないわ。

私はそれを思い出して苦笑した。

「でも、この辺りで食材を買うとなると、ちょっと離れたところにあるスーパーか商店街の専門店に行くしかないですよ。車じゃないと不便かもしれません」

「ネットスーパーは？」

「使ったことはありませんが、生鮮品はここで買ったほうが新鮮かと」

田舎度合いを舐《な》めてもらっちゃ困る。頼んでから中一日はかかるはず。

貴さんが買い物袋を提げている姿なんて想像できないと思ったら、ネットスーパーを使ってたんだなぁ。

「じゃあ、近くに車のディーラーはあるか？」

「まさかスーパーに行くために車を買うつもりですか!?」

驚いて貴さんをまじまじと見つめるが、彼は「必要なら買うしかないだろ」と平然と言う。

「いやいや、せめてレンタカーにしましょう。もしくは、私の軽で良ければ使ってください」

「いいのか？」

「はい、ぜひぜひ」

金銭感覚の違いに顔が引きつる。

でも、貴さんが私の軽に乗っていたらミスマッチだなぁ。

彼には高級外車が似合う。

「あと、洗濯も引き受けよう。だから、申し訳ないが掃除は頼みたい」

あー、なるほど、掃除は虫に遭遇する可能性があるもんね。

それはいいけど、洗濯は御免こうむりたい。他人に下着を見られるなんて恥ずかしすぎる。

でも、貴さんが真面目な顔で私のパンツを干してる姿を想像して、噴き出しそうになってしまった。

「掃除はもちろん引き受けますが、洗濯は結構です」

「遠慮しなくても……」

「遠慮します！」

「そうか」

私たちは話し合い、お風呂掃除は貴さん、ゴミ出しは私……というように役割分担を決めていった。

「あと、お互いにプライベートには干渉しないようにしよう。無断で相手の部屋に入らないというのもいるな」

「もちろんです」

貴さんはいつの間にか、ノートに条件を書き出していた。

右肩上がりの綺麗な字だ。

「思いついたら、また書き足していこう」

貴さんは満足げにリストを見ると、ハサミで切り離し、壁に貼ってうなずいた。

「必ず守ってくれ」

えらそうに言われて、カチンとくる。

「そちらこそお願いしますね！」

「当たり前だ」

貴さんはクールなまなざしで眼鏡をくいっと上げた。

○●○

夕食をいただくと、私が洗い物をしている間に、貴さんがお風呂の準備をした。

彼はセール品の豚肉で、おいしい生姜《しょうが》焼きを作ってくれた。御曹司もこういう庶民的なものを食べるのね、と彼を身近に感じて、ちょっとほっとした。

先に貴さんにお風呂に入ってもらって、私は居間でテレビをぼんやり見ていた。

自宅も和室だったから、床に直接座る生活には馴染《なじ》みがある。

古民家の木の香りと落ち着いた佇まいに、ただいるだけでゆったりした気分になった。

まさか、自分で準備してきた古民家宿に自分で泊まることになるとは思っていなかったけど、良さを知るのにいい方法かもしれない。

(それにしても、なんか不思議な感じだなぁ。会ったばかりの人とこうして一緒に暮らすことになるなんて)

座卓に両手で頬杖をついて、そう考えていた。

同居の始まりは意外と順調だと思っていたところに――

「うわっ、さ、佐々木さん！　佐々木さん、来てくれ！」

貴さんの悲鳴のような呼び声がした。

なにごとかと浴室に急ぐ。

「貴さん？　どうしましたか？」

私が扉をトントンと叩くと、ガラッと引き戸が開いて、上半身裸の貴さんが飛び出してきた。

引き締まった身体に適度に筋肉がついていて、身体までギリシャ彫刻《ちょうこく》のようだった。

男の人の裸なんて当然見たことがなかったけど、しなやかで美しいと思ってしまった。

しっかり見てしまったあと、我に返った私は「きゃあ」と悲鳴をあげた。

ボボボッと顔が熱くなる。

そんな私に構わず、貴さんは「あれ！　あれ！」と浴室の隅を指さした。

昼間より少し大きなクモがいた。怖いのか、眼鏡越しの瞳が揺れている。

「はいはい、クモですね。寒いから入ってきちゃうのかも」

私はティッシュで掴《つか》んで外に出した。

「手！　手で⁉」

驚愕した様子の貴さんが騒いでいる。

無表情で冷ややかな普段の様子と正反対で、ちょっとかわいい。

私は周りを見回し、「もうなにもいないですよ」と安心させるように言った。

貴さんは同じように確認し、ほっと息をついた。

そしてすぐに眼鏡のブリッジを指で押し上げ、表情を取りつくろう。

「すまない。それでは、風呂に入ってくる」

「はい。ごゆっくり」

今さら澄《す》ました顔をしてもと、私はまた噴き出しそうになった。


貴さんと交代でお風呂に入る。

檜《ひのき》風呂なので、いい香りに包まれて、リラックスできる。お風呂から上がると、居間にまだ貴さんがいた。

とっくに自室に戻っていると思ったのに。

水を飲む私を目で追いながら、彼はなにか言いたそうだった。

紺のやわらかそうな絹地のパジャマを着た貴さんは、昼間の姿と違ってゆったりしているように見えた。あぐらをかいているせいかな。

「あぁ、すまないが……」

「なんでしょうか？」

言いにくそうに声をかけられ、彼の目を見る。

「寝る前に、寝室のチェックをしてもらいたいのだが」

「あー、それはそうですね！」

寝室でまた虫に遭遇したら嫌だよね。

私がうなずくと、貴さんは立ち上がって私を自室に招いた。

貴さんの部屋に入ると、隅にスーツケースが置いてあったり、テーブルの上にノートパソコンや書類があった。自分で整えたので見慣れた部屋のはずなのに、私物が置いてあると、それだけでもう貴さんの部屋という気がして、ちょっとドキドキする。

私は隅々まで確認していった。

「大丈夫。なにもいません」

「そうか、ありがとう」

「それじゃあ、おやすみなさい」

「あぁ、おやすみ」

母以外の人におやすみを言って寝るなんて慣れなくて、なんだか気恥ずかしい。

でも、この儀式は毎日の習慣になった。

○●○

朝起きたら、立派な朝食ができていた。

「お、おはようございます」

トーストに野菜スープ、キノコとベーコンのオムレツにグリーンサラダ。

コーヒーのいい香りも漂っている。

私はいつもトーストにカップスープをつけるか、時間がある時に目玉焼きが加わるくらい。

(女子力半端ない!)

これが当たり前という顔をして座っている貴さんを、まじまじ見つめてしまった。

今日も濃紺のスーツがエリート感を醸《かも》し出していて、そのお顔は麗《うるわ》しい。

「おはよう。なにか苦手なものがあったか?」

「いいえ、とてもおいしそうです」

「それなら良かった。食べよう」

そう言われて、寝起きのまま座卓の前に座ってしまった。

「いただきます」

手を合わせて、早速オムレツに手を伸ばした。

フォークで割るとトロッと半熟状の卵が出てくる。

なんて上級者のオムレツ！

しかも、塩味のきいたベーコンとまろやかな卵が絡んで、とんでもなくおいしい。

「すごい！　これ、レストランクラスの味ですよ！」

感動した私は興奮して声をあげてしまった。

貴さんは表情を崩さないまま、眼鏡を上げる。

「大げさだろ」

「いいえ！　本当にすごくおいしいです」

「……それは良かった」

平坦なトーンで言った貴さんは、確かめるようにオムレツを食べて、ふっと口もとを緩めた。

「不思議だな」

「なにがですか？」

「誰かとこんなふうに食事をしたことなどなかったと思って」

「ご実家でも？」

「あぁ、基本一人だったな。たまに父がいる時は、緊張でガチガチになっていた」

「そう、ですか……」

家なのに親に緊張するの？　お母様は？　など疑問は湧《わ》いたけど、聞いていいものかわからず、私は口をつぐんだ。

視線をさまよわせると、彼の目の下にクマができているのを発見した。

「昨日、もしかして眠れませんでした？」

やっぱり虫が気になったんだろうかと心配になった。

もしくは枕が変わると寝られないたちだとか？　貴さんは神経質そうだから、ありえそうだなぁ。

「いや、それはいつものことだ」

なんてことなさそうに貴さんは答えた。

常態化しているんだ。気の毒に。

私なんて、目を閉じたら三秒で寝られる。

「そうなんですね。古民家ショップにハーブのサシェがあるから試してみられますか？」

「ハーブか。アロマは試したことがある」

「いまいちでした？」

「そうだな」

うなずく貴さんを見て、私と違って繊細だなぁと思った。

「ところで、今日はどうされますか？」

食後のコーヒーをいただきながら、彼の予定を聞いてみる。返答次第で、私もスケジュールを変えようと思った。昨日聞いておけば良かったんだけど、あまりの非日常の連続に、すっかり忘れていたのだ。

「午前中はリモート会議があるし、片づけたい仕事もあるから、ここにいる」

「じゃあ、午後からこの付近をご案内しましょうか？」

「あぁ、そうしてくれ」

「承知しました」

コーヒーを飲み終え、お皿を洗って拭《ふ》いていく。

調理用具はすでに貴さんが片づけたようだ。

本当に綺麗好きらしい。

顔を洗って、歯を磨いて、今日はなにを着ようかなとぼんやり思う。

貴さんはちゃんとスーツを着ているけど、うちの会社は服装にはうるさくないので、私はスーツをほとんど着ない。だいたいブラウスにスカート。今の時期は寒いので、カーディガンを羽織っている。もう少しかっちりしている時でもワンピースくらいだ。

迷った末、今日は綺麗めのワンピースにした。

「それじゃあ、行ってきますね。午後にお迎えに上がります」

「わかった」

私はいつもより少し遅い時間に家を出た。

——家中を二回チェックさせられたから。

(大丈夫かしら？　この人をここに残して)

後ろ髪を引かれる思いで出社したあとは、土産物店の新製品の企画や店頭在庫の相談、準備中の商品のメーカーからの問い合わせなどで午前中をバタバタと過ごした。

○●○

「いけない、こんな時間！」

ふと時計を見ると十二時半を過ぎていて、貴さんとの約束の時間が迫っていた。

普段はこんなに忙しくはないのに、今日に限って問い合わせが多くて、昼食をとる暇もなかった。

(考えてみたら、今までの仕事に國見コーポレーションとの仕事が加わったんだから、忙しくなるはずよね)

苦笑しつつ、私はカバンを持って、ホワイトボードに直帰と書いた。

「國見コーポレーションの件で、出かけてきます」

「いってらっしゃい。頼んだよ！」

社長からプレッシャーをかけられる。

そりゃあ最善は尽《つ》くすけど、貴さんがどう判断するかはわからないですよ。

心の中でぼやきながら、車に乗りこんだ。


「お待たせしました。出かけられますか？」

「あぁ、ちょうど切りがいいところだ」

古民家に戻ると、貴さんは居間でパソコンを開いていた。

自室では、電波が悪かったらしい。

落ち着いた様子なので、虫は出なかったようだ。

良かった良かった。

思わず貴さんと呼びそうになって、今は仕事中だから國見副社長と呼ぶべきだろうと気づく。

「今日は古い町並みを見ていただいて、その中のショップや昨日ご説明した温泉地まで足を延ばそうと思います」

「わかった。君に任せるよ」

昨日とは打って変わって素直な返事に、目を瞬《またた》く。

それが伝わったのか、國見副社長は生真面目な顔で言った。

「知っている情報を言葉で重ねられても意味はないが、事前情報があっても実際に現場を見るのとは違う。現地に行くのは初めてだから、君の案内に従うしかないだろう」

「そうですか。じゃあ、行きましょう」

私たちは連れ立って外へ出た。


日差しは暖かいものの、今日は風が強い。一際冷たい風が吹いて、ブルッと身を震《ふる》わせる。

ダウンコートにして正解だわ。

國見副社長を見ると、薄いビジネスコートだった。

しまった。今日はほとんど徒歩なのに、注意するのを忘れていた。

「寒くないですか？　今日は結構外を歩くので、もし厚手のコートをお持ちなら取りに帰りましょうか？」

「いや、大丈夫だ。寒さには強い」

「そうなんですね。私は寒いのが苦手で」

「そうか」

國見副社長との会話は、よくこんなふうにぷつんと途切れる。

思うところがあるわけではなさそうなので、気にしないことにして、まずは資料館になっている古民家の引き戸を開けた。


次は國見副社長を古民家のショップやレストランに連れていく。店に入るたびに女性店員の目がハートになる。やたらと試食を勧められるので、お昼を食べていないのにお腹がいっぱいになった。

彼は無感動な目で店を見回してあれこれチェックしているようだったけど、眼鏡をくいっと上げるだけで、なにも言わなかった。

（いいとか悪いとか言ってくれてもいいのに）

ショップの目玉は、地酒だ。

天立市は水が綺麗だし、お米もおいしいので、昔から酒作りが行われている。ここで作られるお酒は、通《つう》だけが知っている隠れた銘酒とも言われている。隠れすぎて知名度が全然ないけど。

実際の酒蔵を店舗として開放して、そこで地酒を売っている。淡麗《たんれい》辛口のすっきりした味わいは、日本酒をあまり飲まない私でもおいしいと思う。

私は車を運転するから飲めなかったけど、試飲した國見副社長がうなずいていた。

お酒は合格点のようで、ほっとする。

古民家から近いここはいつでも来られるから、これくらいにして温泉地へ車で向かうことにした。

私の軽の助手席は、足の長い國見副社長には窮屈《きゅうくつ》そうで、申し訳なくなった。

「良かったら席を後ろにずらしてください。後ろに誰かが乗ることはないので」

「あぁ、ありがとう」

彼がシートをずらして調節したのを確認して、車を発進させた。


しばらくして、整備中の温泉地へ着いた。

昨日國見副社長が言っていた通り、ここへのアクセスも考えないといけない。車がないと不便で中途半端な遠さだ。今はバスが一時間に一回しかないし。

現在、露天風呂、内風呂、休憩所、食事処を作っているところだ。

昨年温泉が湧《わ》いて、急遽市の予算がついたのだ。

休憩所と食事処はそれぞれ古民家風の作りにしていて、観光地としての雰囲気を合わせている。

「足湯だけ先に完成しているんです。気持ちいいですよ？」

温泉に入る時間がない人でも、足湯を楽しめるように、源泉かけ流しの水路を作ってある。

ヒバの屋根なので、癒《いや》される木の香りも漂う。石のイスを置いていて、座ってゆっくり足湯を楽しめるようにしている。

タオルとフットカバーの自販機を設置してあるのもこだわりだ。

「このフットカバーを使えば、國見副社長みたいにスーツでも足湯に入れるんです」

フットカバーというのは、膝丈のビニールの靴下のようなものだ。ゴムで留まるようになっているからずり落ちる心配もない。ストッキングを脱ぐのがイヤな人や、ズボンの裾《すそ》をまくれない人のためのカバーだ。

他所で導入していると聞いて、設置してみたのだ。

私はストッキングの上からフットカバーをつけて足湯に入る。

戸惑っているところを促すと、ズボンの上に慎重にカバーをつけた國見副社長が隣に腰かけて、足を浸した。

自分で勧めておいてなんだが、スーツで足湯に入る姿はなかなかシュールだった。

「気持ちいいでしょう？」

「そうだな」

寒くて縮こまっていた身体が温められて、力が抜ける。

國見副社長も言葉は少なかったけど、表情が心なしか緩んでいた。

どうやら足湯は気に入ったようだ。

そのあと、周囲を案内してから家に帰る。

一緒の家というのが、なんだか気恥ずかしい。

「なにか買いたい食材はありますか？　スーパーが近いので寄っていけますよ」

「そうだな。そうしてもらえるか？」

「わかりました」

スーパーでも國見副社長は目立っていた。

視線を集めているのに、彼はまったく構わず、涼しい顔をしている。これだけの美形だから、見られるのに慣れているのかもしれない。

スーパーのカゴを持って、大根やトマトを吟味している彼の姿はちょっと不思議な感じがした。


（ふぅ、なんだか疲れたな）

忙しさとまだ慣れない人と過ごした緊張で、古民家に戻ってきた私はベッドに倒れこんだ。

しばらくでろんとしていると、ノックの音と貴さんの声がした。

「夕食の準備ができた」

「はーい。今行きます」

本人の希望とはいえ、私が休んでいる間に作ってもらって悪いなと思う。

座卓の上を見ると、今夜のメニューはポトフだった。

温かく優しい味は冷えた身体に染み渡った。

○●○

「あ〜、ようやく休みだ！」

貴さんをあちこちに案内する傍《かたわ》ら、普段通りの仕事もこなしたり引き継いだりする必要があって、忙しい一週間だった。

家に帰っても他人と一緒だから、完全には気が抜けない。

彼も別の仕事があるようで、常に一緒じゃないのは助かるけど。

土曜日はごろごろと惰眠《だみん》を貪《むさぼ》ろうとしていたのに、八時を過ぎた頃、「わーっ！」という貴さんの悲鳴で飛び起きた。

(また虫かな)

思った以上に、虫の出現率は高かった。

(刺すこともないし、なんの害もないのになぁ)

丸まったダンゴムシをつまんで外に出した私に尊敬のまなざしを向けていた貴さんを思い出し、笑う。

「佐々木さん！　佐々木さん！　来てくれ！」

焦ったような貴さんの声が聞こえた。

ちなみに、國見副社長と貴さんを使い分けることは早々にあきらめ、貴さんで統一した。

「はいはい、今行きますよ」

返事をしながら、声のする台所に行く。

このやり取りにも慣れたものだ。私はのんきに思い、新聞紙に虫を登らせて外に出した。

貴さんが見てわかるほど、ほっと肩の力を抜いた。

「ありがとう」

「どういたしまして」

「起こしてしまって、申し訳ない。見たことがなかったから、つい驚いてしまって」

めずらしく貴さんは言葉を続けた。

「いいえ、半分起きていたので大丈夫です。あれがゲジゲジですよ」

「そうか」

そんな名前は聞きたくないとばかりに、貴さんは眉をひそめた。

そして、嫌な記憶を追い出すように首を振ったあと、気を取り直したのか尋ねてきた。

「朝食にするか？」

「そうですね」

二度寝できそうもないので、起きることにする。

休日も貴さんが朝食を作ってくれるようだ。

パジャマ代わりのもこもこの部屋着ワンピースのままだった私は、朝食ができるまでの間に着替えてきた。

「今日は徹底的に掃除をしますね」

バタートーストを食べながら、貴さんに言った。

平日は簡単な掃除しかできなかったから、一度隅々まで掃除して、貴さんの悲鳴を少なくしてあげようと思う。

「助かる。できるところは手伝うよ」

「掃除は私の役割だからいいですよ。こうしてご飯を作ってもらっていますし。貴さんの部屋を掃除する時に声をかけますので、ゆっくりしていてください」

「わかった」

貴さんが生真面目にうなずいた。

どうやら彼は他人になにかを任せるのが苦手みたい。自分でなにもかもやりたいたちのようだ。

食事を終えると、私は張り切って、埃を取るふわふわモップと掃除機を出した。

やり出すと熱中するたちの私は、細かいところまで掃除をしていった。

古民家は隙間が多く、貴さんが苦手とする客人もいっぱいいた。

特に、土間は大変なことになっていたので、貴さんに見つかる前に外に出す。


トントン。

「貴さん、お部屋の掃除をしてよろしいですか？」

最後に彼の部屋をノックすると、貴さんが引き戸を開けた。

彼は私の顔を見たとたん、くすっと笑った。
初めて彼の笑顔を見てびっくりしている私の頬を、貴さんは指で拭《ぬぐ》うようになでた。
「どこをどう掃除したら、顔が黒くなるんだよ」
優しい手つきに、優しい表情。
彼がこんな顔をするとは思わず、目を見張った。
(慇懃《いんぎん》無礼《ぶれい》メガネのくせに!)
ドキドキしてしまって、心の中で悪態をついた。
貴さんはすぐ笑顔をひっこめて、いつもの無表情になった。
私も素知らぬ顔で、彼の部屋を掃除した。

第二章

十日も経つと、同居生活にも慣れてきた。

貴さんは相変わらず表情が乏《とぼ》しいし、自分からしゃべるタイプじゃない。だから、一緒にいてすごく楽しいことがあったわけではなかった。でも、彼の作るご飯はおいしいし、干渉してこないので、一緒に過ごすのは意外と気楽だった。

潔癖症《けっぺきしょう》気味なのも食事に関してだけのようで、私が触ったものが触れないなんてこともなく、ほっとした。いちいちそんなのに神経質になられたら過ごしにくいもんね。

そして、彼のクールな態度はただの言葉足らずだったと次第にわかってきた。

(なんだか不器用そうだしなぁ)

もうちょっと笑顔があってもいいのに。

彼の無表情が崩れるのは今のところ虫が出た時だけで、せっかくいい顔なのにもったいないないなと思う。

(まぁ、私には関係ないけどね)

三ケ月だけの接待係だ。

積極的に貴さんと仲良くなる必要もないいし、なりたいとも思っていない。

ただ、お互いに気持ち良く暮らせればいいと思うだけだ。

でも、最初の最悪なイメージと違って、思ったよりかわいらしいところのある彼に少しずつ好感を抱くようになっていた。


同居を始めて二回目の土曜日。

夕食をとり、お風呂に入った私はうずうずしていた。

唯一の趣味がしたくて。

実家では、土曜日の夜はテレビでリゾート紹介番組を観ながら一人飲みすることを楽しみにしていた。母は夜寝るのが早いから、その時間はとっくに夢の中だ。

その番組は世界各地のリゾート地を紹介しているので仕事にも役立つ。けど、純粋に綺麗な景色に癒《いや》されるのだ。それを観ながらビールを飲むのが、至福の時間だった。

ビールを飲むといっても量は飲めない。だから私は味にこだわることにして、各地のクラフトビールを取り寄せ、ちまちま飲み比べをしている。といっても、最後は酔っぱらって寝てしまい、どれが一番かは全然決められていないけど。

大学時代、サークルの飲み会で酒ぐせが悪いと指摘されて以来、外では飲んでいない。

記憶が飛んでいるし、誰に聞いても教えてくれなかったので、なにをやらかしたかは不明だ。ただお酒を飲もうとするとみんなから一斉に止められたので、相当ひどかったことだけはわかった。

だから、会社でも飲めないで通している。

（貴さんはもう自分の部屋に行っちゃったし、いいよね？）

私は居間の様子を窺《うかが》って、そっと自室から出た。

テレビは居間にしかないから、なにか観たければここに来るしかない。

実は今日のためにクラフトビールをちゃっかり家から持ってきていたし、おつまみに砂肝も買っていた。

私は砂肝をスパイシーな味つけで焼いて、冷やしたビールをグラスに注いだ。

準備万全で、テレビをつけると、絵の具を溶いたようなマリンブルーの海が画面いっぱいに映った。

「わぁ、素敵……！」

真っ青な海に浮かぶ白いコテージ。

青と白の対比が眩《まぶ》しいくらいに綺麗だ。

（こんなところに行ってみたいわ）

海が見えるバルコニーのデッキチェアに横たわって、ビールが飲みたい。

でも、古民家の管理があるから、長期の休みは取れない。

そもそもお高くてとても手が出ない。

私は、ビールをグビリと飲んだ。

今日のビールは変わり種。柑橘《かんきつ》を思わせる香りと軽い飲み心地で、するすると進んでしまう。

「おいし～い！」

ご機嫌で砂肝をぱくつき、ビールを飲み、テレビの美しい風景を見る。

次のビールもフルーティで飲みやすく、私にしては速いペースで飲み進めてしまった。

「あ～、しあわせ～」

ふわふわとしたいい気分になってきて、私は頬を緩めた。

視線を感じて目を上げると、驚いた顔でこちらを見ている貴さんがいた。

「あ～、貴さん、こんばんは～」

にこにこと愛想《あいそ》良く挨拶《あいさつ》するのに、彼は無表情で軽く会釈《えしゃく》をしただけだった。さらには、「水を飲もうかと……」とつぶやき、私の横を通り過ぎようとする。

「喉が渇いたなら、ここにおいしいビールがありますよ～。飲みます～？」

グラスを持ち上げてみせるけど、貴さんは「いや、遠慮する」とそっけない。

「なんで～？」と彼の袖を引っ張ると、「君と飲む理由がないからだ」と言われる。

「冷た～い！　貴さんって冷たすぎ！　そんな眉をひそめなくってもいいじゃない！」

つれない態度に腹を立てた私は、指先で彼の眉間のシワを伸ばしてやろうと、ぐいっと彼の腕を引っ張った。

「うわっ」

その動きが予想外だったらしく、貴さんはバランスを崩した。いきなり天井が見えたかと思ったら、目の前に麗《うるわ》しい顔がドアップで見えて、貴さんが私に覆《おお》いかぶさっているのだと気づいた。

貴さんに押し倒されたような体勢に驚く。

顔を離した貴さんが、ズレた眼鏡を直しながら、焦った様子で気づかってくれる。

「す、すまない！　大丈夫か？」

「あはは～、だいじょーぶです」

頭を打たないように、貴さんがとっさに手で私の後頭部をかばってくれていた。どこも痛いところはない。それより、余裕そうな表情が崩れた貴さんがおかしくて、くすくす笑う。

ふわっと紅茶のような香りがした。

「……貴さんって、いい匂いしますね～」

(きっと高級な香水ね)

香りのもとを探して、貴さんの首に腕を巻きつけて引き寄せ、くんくん匂いを嗅いだ。

(この香り、好きかも)

「ちょ、ちょっと待て。酔ってるのか？」

「酔ってませんよ～。まだまだ飲むんです～！」

「いや、もうやめろ」

私をくっつけたまま、腕立て伏せのようにして、貴さんが身を起こした。

彼の膝に乗るような格好になる。

「あー、あったか～い……」

私より高い体温に包まれ、心地よくて彼の胸にすり寄る。

疲れていた私の目がすぐに閉じていく。

今週もいっぱい働いたもんなぁ……

「放してくれ！」

「ん～、いや」

貴さんが私の腕をほどこうとするけど、温かい場所から離れたくなくて、私は目を閉じたまま抵抗した。

めずらしく動揺したような声に、どんな顔をしているんだろうと気になったけど、私のまぶたは引っついて離れなかった。

「寝るな！」

「寝てない……です……目を閉じてる……だけ」

「寝るならベッドに行け」

「ん～、あとで……」

「今すぐにだ！」

貴さんがなにか言っているけど、それ以上は耳に入ってこなくて、私は手にしたぬくもりにしがみついたまま眠りに落ちていった。

盛大な溜め息が聞こえた気がした。


とくん、とくん……

穏やかなリズムを刻む音が聞こえる。

聞こえるだけでなく、頬に振動を感じる。

私はなにか温かいものにしがみついて、寝ていた。

(なんだろう？　温かくて、硬い？)

しかも、重いものが腰の上にあり、身動きが取れない。

ぼんやりと目を開く。

目の前にあるのは、緩やかに上下する男の人の胸。頭上からはかすかな寝息。

(えっ、まさかまさか……)

ギギギとぎこちなく上を向くと、眼鏡のない端正な顔が見えた。

少し切れ上がった目は閉じられ、長いまつ毛で覆《おお》われている。その上には形のいい眉があり、いつもと違ってしかめられていない。安らかな寝顔。

一瞬、それに見惚《みと》れたあと——

「キャーーーッ！」

私は大音量で悲鳴をあげた。

「な、なんだ!?」

貴さんが飛び起きた。

腰から彼の腕が外されて、私も動けるようになった。

ささっと彼との距離を取った私を見て、貴さんが憮然《ぶぜん》とした。

「言っておくが、君が僕にしがみついて離れなかったんだからな！」

眼鏡をかけていない貴さんの目は切れ長で、冷たく私を見下ろしているのに、綺麗だった。

少しクマはあったけど。

「私がしがみついて……？」

そう言われて、昨夜の行動を思い出そうとするものの、ビールを飲んで気持ち良くなって、それ以降の記憶がない。

夢の中に貴さんが出てきたような気もするけど、おぼろげだ。いつものお父さんを追いかける夢を見ていた気もする。

でも、起きた時、彼に抱きついていたのは確かだ。

(昨日、なにやっちゃったの？)

今さらながら、さりげなく服装の乱れと身体に違和感がないかを確かめる。

その様子を見て、むっとした顔で貴さんが言った。

「なにもしてない。君に手を出すつもりはないと言っただろ」

「そ、そうですか。すみません、昨夜の記憶が全然なくて……」

「覚えてないのか？」

「はい……。ひょっとしてご迷惑をおかけしました？」

髪を掻《か》き上《あ》げ、ハァと溜め息をつく貴さんはやけに色っぽかった。

でも、やっぱり動揺しているのか、彼はかけてない眼鏡を上げるしぐさをして、顔をしかめる。

枕もとから眼鏡を取り上げて、かけた。

「酔っぱらった君が僕に抱きついてきて、そのまま寝てしまったんだ。仕方なく君のベッドに連れてきたが、どうやっても僕から離れないし……」

「それで、ここで寝ていたんですね。ごめんなさい……。しかも、あまり眠れなかったですよね？」

（酔っぱらった私、なにやってるのよ！）

目の下のクマを見て言うと、「いや、むしろいつもより……」と言いかけて、貴さんはかぶりを振った。

「とにかく、君はもう酒は飲むな！」

「えぇーっ、嫌ですよ！　唯一の趣味なのに！」

「迷惑だ」

「じゃあ、出ていきましょうか？」

「……っ！」

お酒は弱くても飲むのが好きな私は抵抗する。

私だって癒《いや》しの時間が欲しい。

ダメ押しとばかりに「プライベートは干渉しないんですよね？」と強気に出ると、貴さんはひるんだ。

結局、次は迷惑をかけないと誓って、土曜の一人飲みを勝ち取った。

万が一酔いつぶれていても放っておくように、彼に言った。

でもその後も、酔って寝てしまうたびに貴さんにベッドまで運んでもらった私は彼にしがみついて離れず、朝目覚めて悲鳴をあげるというのを繰り返した。

私が風邪を引きそうなのを放置できなかったらしい。

どうやら私は絡み酒タイプだったようだ。

やめなきゃと思うものの、私は趣味を続けた。

「君はこんなことをしていても、僕を狙《ねら》うつもりはないんだな」

貴さんの横で目覚めた三度目の朝、頬杖をついた彼が私をしげしげと眺《なが》めた。

「狙《ねら》う、ですか？」

「あぁ。大概の女性は過度に僕に接触しようとしてくる。時に煩《わずら》わしいくらいにな」

「あー……」

貴さんを見た女性が漏れなく目をハートにしているのを目撃した私としては、納得しやすい話だった。それはそうだろうなぁと苦笑を返す。

「でも、君は違うんだな」

「安心してください！　私は恋愛には興味ありませんから」

自信を持って、胸を張る。

「そうか……。君といると落ち着くのは、そのせいか？」

分析するように、貴さんは私に視線を落としたまま、独り言のように言った。

（落ち着く……？）

そう言われて考えてみると、私も貴さんのそばにいるのは嫌じゃない。

恋愛するつもりはない。誰かと一生を誓って、あいまいな約束にすがって生きる気もない。でも、誰かの体温に包まれて眠ることが心地いいと知ってしまった。

(冬だからね)

私は言い訳のように、心の中でつぶやいた。

○●○

「貴さん、明日は朝から動けるんですよね？」

「あぁ、そうだ」

日曜の夜。夕食をとりながら、私は尋ねた。

今夜のメニューはビーフシチューだ。スプーンで崩せるほどやわらかい牛肉のかたまりに、マッシュルーム、ニンジン、ブロッコリーが濃厚なデミグラスソースの中にゴロゴロ入っている。

昼過ぎから貴さんが煮込んでいただけあって、絶品だった。

「お肉、おいしーい」

口の中でホロリと崩れる牛肉に舌鼓《したつづみ》を打つ。

夕飯前、気になって台所をうろうろする私に、貴さんはクッと口端を上げて味見させてくれた。その段階でも相当おいしかったけど、完成したら、今まで食べたことがないほどにおいしいシチューになっていた。

貴さんは料理が好きなのか、作っている間はやわらかな表情をしていた。料理が終わると通常モードに戻ってしまうけど。

(あ、今、口もとが緩んだ!)

私の感嘆の言葉に貴さんが反応した。

普段が不愛想《ぶあいそう》だから、ちょっとでも彼が笑うとうれしくなってしまう。

(なんかずるいよね)

私は自分の心境の変化を感じたけど、突き詰めたらいけない気がして、思考を逸《そ》らした。

(それはいいとして、明日のことだ)

貴さんをこの市の観光スポットに案内していっているのだけど、会社の中枢にいる彼はオンラインミーティングやら書類仕事やらが結構あって忙しいらしい。なかなか長い時間が取れておらず、三週間近く経っても、時間がかかるところへはまだ案内できていなかった。

副社長だから忙しいのは当たり前だ。

それにしても、副社長自ら現地調査に来ること自体が不思議だよね。

(なにか事情がありそうだけど、理由は教えてくれないなぁ)

大企業の内情なんて知らないから、考えても仕方がないか。私は首を振って、そんな思いを振り払った。

明日はめずらしく朝から一日空いていると言っていた。天気も快晴予報だから、温泉に次いでアピールできそうなところへ案内しようと思っていたのだ。

「明日は山のほうへ行ってみようと思うんです。だから、服装は防寒メインのカジュアルなものでお願いします。歩くのでスニーカーがいいですね」

「そんなに歩くのか？」

「一時間半ぐらいのハイキングコースをご案内しようと思っています。歩けますか？」

「問題ない。体力はあるほうだ」

都会っ子の貴さんに往復三時間は厳しいかもと思って聞くと、むっとしたように返された。

（そういえば、鍛えてそうな身体だったなぁ。ジムにでも通っているのかな）

初日のお風呂で見た筋肉質な彼の上半身を突然思い出してしまい、うろたえた。

（なに思い出しているのよ！）

シチューを頬張って、熱くなった顔をごまかした。


「んー、いい天気！」

ハイキングコースの入り口の駐車場に車を停めて、外に出た。

真っ青な空を見上げて、目を細める。春めいた今日は、ハイキングに最適だ。

車を降りた貴さんは辺りを見回して確認している。

青と黒のツートンカラーのマウンテンパーカーに、チャコールグレーのイージーパンツを合わせた彼はスタイリッシュで、大自然に囲まれたこの場所とはミスマッチだった。

俳優が映画の撮影に来たような感じ。

「あの遊歩道を歩いていきます」

「わかった」

「見晴らしのいいところで食べるご飯は格別ですよ」

遊歩道を登ったゴールの高台にはちょっとした東屋《あずまや》があって、そこで昼食をとるつもりだ。

昨日それを言ったら、材料がないとぼやきつつも今朝、貴さんがささっとお弁当を作ってくれた。

（さすができる男は違う！　コンビニのおにぎりでも買おうと思っていたのが恥ずかしい……）

私たちは落ち葉が敷きつめられた遊歩道に足を踏み入れた。

通り雨でも降ったのか、落ち葉はしっとり濡《ぬ》れてふわふわした歩き心地だった。

しばらく無言で歩いていくと、川のせせらぎが聞こえてきた。この遊歩道は渓流に沿って作られているのだ。

すっかり葉の落ちた落葉樹の隙間から青空が見える。森が明るい。

冷えているけど澄《す》んだ空気の中、登っていくのは爽快だった。

この地域は比較的暖かいため、雪は降らず、冬でもこうして安心して山登りができる。それに、この山は標高が二百四十三メートルと低めで、道もなだらかだから登りやすい。ちなみに、細かい標高を覚えていたのは貴さんに対抗してだった。

「最近のアウトドアブームには、このくらいの山がちょうどいいと思うんです。アピールポイントになりますよね？」

「そうだな」

私が言うと、空を見上げていた貴さんが振り向く。そしてふいに、にこりと笑った。

(わ、笑った！)

楽しげに細められた切れ長の目、綺麗な弧を描く形のいい唇。

前にくすっと微笑《ほほえ》んだことはあったものの、彼の完全な笑顔を見たのは初めてだった。

思わず目を奪われる。心臓を撃《う》ち抜かれて、激しく動揺してしまう。

普段が無表情なだけに、モノクロ写真にぱっと色がついたような艶《あで》やかな笑顔は、やたらと私の鼓動を速くさせ、胸を苦しくさせた。

(美形の突然の笑顔は攻撃力高すぎる！)

胸をそっと押さえて、ドキドキする心臓をなだめようとする。

(ちょっとびっくりしただけよ……)

私は恋愛に興味はない。だって、男の人と一緒に寝てもなんともないし。単に驚いただけ。うん、そうだわ。

私は自分の反応に納得すると、またハイキングコースを辿《たど》り始めた。

冬でもしばらく歩いていると汗ばんでくる。

私はダウンジャケットを脱いで腰に巻きつけた。

「貴さんも暑くなったら上着を脱いだほうがいいですよ。汗かくと冷えちゃうから」

うなずいた貴さんもマウンテンパーカーを脱ぎ――

「うわぁ！」

パーカーを放り出し、私に抱きついた。

「ど、どうしたんですか？」

ドキッとして彼を見ると、パーカーを指さして「赤いのが……！」と必死な目で訴えてきた。すがるような目がかわいいと思ってしまった。

年上の男の人なのに、こんな様子をたびたび見るからか、庇護欲《ひごよく》を掻《か》き立《た》てられる。

赤いのってなんだろうと、私は落ちているパーカーを拾い上げた。

「あ、てんとう虫」

冬だから虫はいないと思っていたけど、ナナホシテントウが貴さんのパーカーにひっついていた。

テカテカした赤い胴体に規則正しい黒い点が鮮《あざ》やかだ。

「てんとう虫、かわいいじゃないですか。ほら、なにもしませんよ」

人差し指に登らせて貴さんに見せると、大げさに飛び退く。

その動きにびっくりしたのか、てんとう虫は飛び立った。

「ほら、もう虫はいませんよ」

「ありがとう」

土をはたいて落としたパーカーを渡すと、貴さんはじっくり見てから、私と同じように腰に巻いた。

恥ずかしげに耳が赤く染まっていた。

そんなハプニングがありつつも、私たちはどんどん山を登っていく。

「あそこに滝があるんです」

二股に分かれた遊歩道を滝のほうへ行く。

十数メートルほどの高さから落ちる大きくはない滝だけど、水量が多いので落ちてくる様は迫力がある。滝つぼの透《す》き通《とお》った青緑色も美しい。霧のような水しぶきがキラキラと日の光を浴びて、虹も浮かんでいる。

清々しい景色にほぅっと息を吐いた。

「綺麗でしょう？　ここのお水がこの間飲んでもらったおいしい地酒のもとなんですよ」

「なるほどな」

貴さんも滝を眺《なが》め、リラックスした顔を見せた。

滝と貴さんも絵になる。

「情報や写真で見て存在は知っていても、実際見ると違うでしょう？」

「その通りだな。『天水の滝。落差十六メートル、日本の滝百選に選ばれ、またその水は全国名水百選にも選ばれている名瀑』。でも、こんな知識はこの景色のもとではなんの意味もない」

事前に調べてきた情報をそらんじてみせて、貴さんはうなずいた。

「文献からは、澄《す》んだ空気や冷たい水しぶきを感じることができないというのを忘れていた。……

ここは息がしやすい」

「息が？」

ぽつりと漏らした言葉を聞き返したけど、貴さんは説明はしてくれなくて、ただ轟々《ごうごう》と流れ落ちる水を穏やかに見つめていた。

心を解放できたようなその様子に、まだ頂上まで着いていないのに、連れてきて良かったなと思う。彼からこわばりのようなものが取れていた。


もとの道に戻り進んでいくと、ぱっと前が開けて、高台に着いた。

眼下に市街地が広がる。

今日は雲もなく靄《もや》もないので、遥か遠くに水たまりのように小さく海も見える。

「見てください！　古民家の町並みが綺麗に見えるでしょう？」

古い町並みの残る区画を指さす。

ここは私の自慢の景色だった。

眼鏡のブリッジを人差し指で押し、貴さんもそちらを向いた。

感心するかのように、少し目を見開いて、じっと眺《なが》める。

好感触に気を良くして、私は説明を加えた。

「ここにはトイレもあるし、東屋《あずまや》も三つあって、ゆっくりできる場所になっているんです。あっちにはブランコもあるんですよ」

「ブランコ？」

聞き返した貴さんを引っ張っていく。

最近はフォトジェニックな撮影スポットから火が点いて人気になる観光地が多いというから、用意してみた。

「ほら、これです」

大人も座れる大きさの白木のブランコが一台ある。それを漕《こ》ぐと、絶景の中に飛び込んでいくような爽快感があるのだ。

貴さんを無理やりブランコに乗せた。

一瞬とまどった彼は、景色を見て目を細めた。

私はスマホでその横顔の写真を撮った。

真っ青な空にジオラマのような町並み、それを見つめるブランコに座ったイケメン。

パンフレットに載せたくなるような出来のショットだった。

「見てください。こんなふうにフォトスポットになると思うんです！」

ＳＮＳに載せやすいフォトスポットをいろいろ作って、アピールしていこうと考えていた。

貴さんもその効果をわかっているようで、なるほどとうなずいた。

しばらく景色を堪能したあと、私たちは昼食をとることにした。

ちゃんと水場もあるから、手を洗い、東屋《あずまや》の木のテーブルにお弁当を広げる。

「おいしそう！」

ラップに包まれたおにぎり、アスパラのベーコン巻き、卵焼き、ナポリタン、ミニトマト、コールスローサラダが彩《いろど》り良く詰めてある。

私が歓声をあげた一方で、貴さんは不満そうだった。

「君が早く言ってくれなかったから、こんなものしか作れなかった」

「えぇー！　十分ですよー」

事前に準備できたら、どんなすごいお弁当だったんだろう？

それはそれで興味があったけど、これでも私の作るお弁当のレベルを超えている。

「食べましょうか？　お腹空いちゃいました」

「あぁ」

「いただきま～す！」

「いただきます」

二人で手を合わせて、まずはおにぎりを手に取る。

貴さんはおにぎりを握《にぎ》るのにラップを使っていた。

三角おにぎりはいい塩加減で、海苔《のり》も巻いてあって、おいしい。

食べ進めると、中からシャケが出てきた。私的には当たり。貴さんのは塩昆布のようだった。

次は卵焼きに箸《はし》を伸ばす。

彼の作る卵焼きは出汁《だし》が入っていて、しょっぱい系だ。

うちは甘い卵焼きだったから最初は違和感があったけど、毎日のように食べるうちにすっかり慣れた。

「おいしいです！」

「それは良かった。……今まで誰かに食事を出したことはなかったが、うれしいもんだな」

いつもは一言で終わる返事に、ためらうようにめずらしく言葉が続けられた。

意外に思い、貴さんを見ると、照れくさそうに目を逸《そ》らされた。

「そんなにおいしそうに食べてもらえると、作った甲斐があるなと……」

「！」

私は今日初めて知った。

照れる美形の破壊力を。

（かわいすぎる）

そんなことを思ってしまって、みるみる顔に血が上り、うろたえる。

こちらも恥ずかしくなって、それを隠すようにアスパラベーコンをフォークで刺し、口に入れた。

「本当においしいですよ？」

「ありがとう」

「こちらこそ！」

なんとなくお互いに照れながら、その後は無言で食事を終えた。

でもそれは、居心地の悪い沈黙ではなかった。

お腹休めにしばらく景色を楽しんだあと、下山した。

登るより下るほうが、湿った落ち葉で滑《すべ》りやすいので、私は貴さんに注意しようと振り返った。

「滑《すべ》りやすいから、気をつけ……わっ！」

口を開いた瞬間に、自分が足を滑《すべ》らせてしまった。

転びそうになる私の腕を貴さんが瞬時に掴《つか》んで、支えてくれ、後ろから抱きかかえられるような格好になった。

いつも貴さんに飛びつかれていて慣れているはずなのに、背中に感じた彼の体温に鼓動が速くなる。

「気をつけないと、な」

耳もとでくすっと笑った貴さんに、顔が熱くなった。

「あ、ありがとうございます……」

なんだか今日の貴さんは表情豊かだから、ちょっとしたことで動揺する。

彼との距離が急に近づいた気がする。

（それだけリラックスしてくれたってことかな）

貴さんに好印象を与えられたということは、リゾート開発実現の可能性に向け大きく前進したということだ。私は内心でガッツポーズをとった。

（うれしいのは、そのせいよね？）

駐車場まで戻ってくると、これからの予定を伝える。

「これから、この間の温泉に向かいますね」

「また行くのか？」

貴さんが首を傾げるので、説明を加えた。

「おすすめルートの一つとして、このハイキングコースで景色を堪能したり、夏は渓流の浅いところで水遊びしたりしたあと、温泉でゆっくりしてもらうというのを考えてるんです。さっき貴さんが言っていたように、考えているのと経験するのは違うので、実際にそのルートを辿《たど》ってみようと思って」

「なるほど。ハイキングをしたあとではまた印象が違うかもしれないな。オーソドックスなプランというのもいいいか」

肯定されて、にっこりする。

私は車を運転して、温泉地へ向かった。

（十分くらいで着く近さもいいよね）

「本稼働したら温泉に入って疲れを癒《いや》してもらえます。でも、足湯だけでも喜ばれると思うんです」

実際、くたくたというほどではないけど、それなりに足に疲労は溜まっている。

先日と違ってカジュアルな服装なので、私は靴下を脱いで、ズボンをまくり、足湯に入った。

「あ〜、気持ちいい〜！　貴さんも早く！　あったまるし、疲れも取れますよ〜」

貴さんは靴下を脱いでたたみ、丁寧にズボンの裾《すそ》を巻き上げて、隣に座った。

彼の表情が緩むのを見て、勝手に誇らしい気分になる。

足湯は温かくて、少し冷えた身体をぽかぽか温めてくれた。

疲れがお湯ににじみ出ていくような気がした。

目を細めていると、貴さんがぽつりとつぶやいた。

「ここはいいな……」

初めてそんなことを言ってもらえて、目を丸くする。

今まで部分的に肯定してくれることはあっても、この市全体を褒《ほ》めてくれることはなかったから。

視線を向けると、貴さんは宙を見つめたまま、またポツンと言葉を漏らした。

「……初め、ここに無理やり派遣されてふてくされていたんだ」

「無理やり？」

予想外の言葉に驚いて聞き返す。

(どういうこと？　ここには現地調査に来たんじゃなかったの？)

私の問いに、彼は遠くを見たまま話を続ける。

「不眠症で頭痛がひどくて倒れたんだ。医師からは過労とストレスのせいだろうと、休養を三ヶ月以上取るように言われた。年末年始で休んだらどうにかなると思っていたら、年明け急に父からここに行けと命令されて……。こんな状態を親戚連中には知られたくないと。僕の仕事量を減らすための口実だな」

「倒れたなんて！　もう体調は大丈夫なんですか⁉」

そんな人をずいぶん歩かせてしまったと、私は青くなった。

でも、貴さんは私を振り返り、安心させるように笑った。

「当時は仕事がごたついていて、不眠と頭痛でつい薬に頼っていたら、今度は胃を壊してしまって。ここに来てからはそれなりに眠れるし、落ち着いている。もう大丈夫だ」

「それならいいですが……」

ほっと胸をなで下ろす。

でも、倒れるほどの不眠と頭痛なんて、相当なストレスだったんじゃないかな。

大企業の御曹司も大変だなぁ。真面目な人だから、肩書以上のものを背負い込んでいそうだ。

貴さんは目を伏せて続けた。

「昨年、副社長になってから、今まで以上に父を絶えず気にしてしまうようになったんだ。失敗しないかと常に緊張して、その結果このザマだ。幼い頃から会社を継ぐためにとあれこれ詰め込まれた割に、僕は不出来で……」

嘆息した貴さんは黙り込んだ。

これまで接してきて、とても優秀な人だと思うのに、本人の認識は違ったなんて驚いた。

『ここは息がしやすい』と滝のところで言った貴さん。実家で寛《くつろ》いでいたらしい話は聞いたことがなく、苦しそうだった。

彼の事情も抱えているものも知らない私は、なにも言えない。

ただ、長いまつ毛が影を落とす自嘲《じちょう》めいた横顔を眺《なが》めて、なぐさめたいと思ってしまった。

そっと手を握《にぎ》ると、彼は肩を震《ふる》わせたあと微笑《ほほえ》んだ。

「不思議だな。こんなこと、誰にも言ったことはなかったのに。君には情けないところばかり見られているせいかな」

「旅の恥は掻《か》き捨てって言いますし、吐き出していいんですよ？」

「旅か……」

貴さんはまた、少し遠い目をした。

知り合いよりも、赤の他人相手のほうが素直に真情を吐露《とろ》できる時もある。

隣にいるこの人を癒《いや》せたらいい、そんなことを思った。

日が傾いてきて、辺りが金色の光に満ちた。

私の好きな時間。

ここには山とか川とかの自然しかないけど、自慢の景色だ。

「そうだ。ちょうどあそこに大きなクスノキが見えるでしょう？　ここの地権者の方が大事にしている木なんです。あの木のそばに行くとストレスが消えるそうですよ。行ってみます？」

私は視線の先にそびえ立つ一本のクスノキを指さした。

樹齢何百年といわれるクスノキは、大人が四、五人抱きつけるほどの太さの幹で、四方に伸びた枝は端から端までで数十メートルにもわたる。こんもり繁った葉に覆《おお》われているので、その一本だけで森のようだ。

クスノキは斜光に照らされて、神々しく光っていた。

「美しいな。ストレスなんてどうでも良くなりそうだ」

「そうですよね。この景色を大勢の人に見てもらいたいんです」

「そうだな」

手を握《にぎ》り合ったまま、私たちはその景色を堪能した。


景色に見惚《みと》れている間に暗くなってきたので、今日はクスノキのところに行くのを断念した。

車に戻り、帰途につく。

帰りは運転してくれるという貴さんに運転席を明け渡す。

彼はいつもよりやわらかな表情でハンドルを握《にぎ》っていた。

(今日のハイキングツアーのプレゼンは大成功ね!)

私はご機嫌で今日一日を終えた。

○●○

貴さんの事情を聞いてからというもの、私は彼が安眠できるようにハーブを部屋に吊るしたり、アロマを焚いてみたりした。前に試してダメだったと言っていたけど、ないよりはマシだと信じて。

休養を兼ねてここに来たのなら、ゆったりして心身ともに休めてもらいたい。

それがここのコンセプトでもある。

居間でテレビを見ながら、この先の作戦を立てる。

気がつくと、私のノートには『貴さんにもっと天立市の魅力を知ってもらうには』という項目の他に、『温泉→足湯　家でもやってみる？　マッサージとか？　気持ちいい　貴さん、リラックスできるかな？　夜眠れるといいな』なんて仕事に関係ない落書きが増えていた。

（そうだ！　湯たんぽなんていいんじゃ……ふわぁ、眠い……）

せっかくいいアイディアが思いついたのに、急に重くなったまぶたに抵抗できず、私は座卓に突っ伏した。

ルーティン業務を減らしてもらっていたが、通常の仕事とこのプロジェクトの両立はやはり難しくて、疲労が溜まっていた。

（ちょっとだけ……）

睡魔に勝てず、目を閉じた。


そのまま眠ってしまったらしい私は、ふわっと宙に浮く感覚にぼんやり目を覚ました。

貴さんに抱き上げられ、運ばれているところだった。

酔っ払った時はいつもこうやって運んでくれていたんだろう。

初めて意識のある状態で貴さんの腕の中で揺られて、私は恥ずかしくなり、寝たふりをした。

そっとベッドに下ろされて、布団をかけられる。

すぐ立ち去るかと思ったのに、貴さんはなぜかそのままそばにいた。

ふいに優しく髪の毛をなでられた。

「あかり……」

急に名前を呼ばれて、胸がきゅうっとなる。

(なんだろ、この感じ)

馴染《なじ》みのない感覚に戸惑いを覚えて、私は寝たふりを続けてしまった。


その週末の夜、いつものように虫のチェックのために貴さんの部屋を訪れた。ベッド周りを確認していると、急に腕を引かれて、ポスンとベッドに倒れこむ。

「え……？」

驚いて見上げると、貴さんの美しい顔が近づいてくる。

「良かったら、一緒に寝てくれないか？」

「一緒に!?」

びっくりして大声をあげてしまった私に、貴さんは慌てた様子で説明した。

「変なことをするつもりはない。ただ、君が隣にいるほうが寝つきがいいんだ。ほら、僕の不眠を気にしてくれているんだろ？」

「あぁ、そういう……。いいですよ」

私の酒ぐせの悪さのせいで、三週連続で私たちは一緒に寝ていたから、その延長線上のようだ。

私がいることで、貴さんが安眠できるならいいかと気軽に思って、うなずいた。

貴さんは詰めていた息を吐き、微笑《ほほえ》んだ。

「ありがとう」

その日はそのまま、貴さんの部屋で寝ることになった。だけど、酔っぱらっていつの間にか彼と寝ているのと、素面《しらふ》で一緒のお布団に入って寝るのとでは全然違った。当たり前のことなのに、それをまったく想像できていなかった。

ここのベッドは大きめなので、貴さんと二人で横になっても身体が触れることはない。でも、「おやすみ」と耳もとで言われたり、枕もとのスイッチに貴さんが手を伸ばしてベッドが軋《きし》む音がしたりするだけで、やけにドキドキしてしまう。

貴さんはどう思っているんだろうと、暗闇の中で目を凝らすけど、暗くてよくわからない。

(このままじゃ寝られない……！)

そう思ったのに、寝つきのいい私は目を閉じてすぐに眠りに落ちていた。

その寸前、愛しげに髪をなでられた気がした。

朝目覚めると、隣に貴さんはいなかった。部屋を出て台所に向かうと、朝食を作る貴さんの後ろ姿が見えた。

「おはようございます」

声をかけると、貴さんが振り向いた。

「おはよう」

彼のすがすがしい笑顔に息を呑む。

「よく眠れましたか？」

「おかげさまで」

それはなによりだと思いながら、顔に血が上っていくのを感じて私は自室に逃げ帰った。自らの意志で一晩一緒に過ごした人とこうして顔を合わせるのは、なんだかやたらと照れ臭くて、熱くなった顔をあおいだ。


それから、私は貴さんの部屋で眠るようになった。

「寝ようか」

居間で寛《くつろ》いでいると、お風呂上がりの貴さんが手を差し出してくる。その手を借りて立ち上がると、そのまま手を引かれて部屋に連れていかれる。

電気を消すついでとばかりに髪や頬をすっとなでられることが増えた。

「おやすみ」

耳もとでささやかれ、顔がほてる。

いつの間にか、彼との距離が近くなっていた。

貴さんがどういうつもりなのか、わからない。

回数を重ねても慣れなくて、毎回恥ずかしい。でも、私は平気なふりをした。なにも感じてないようにふるまった。

「おやすみなさい」

貴さんの体温で温まった布団は眠りやすかった。

第三章

「佐々木、お前、バカじゃねーか？　いや、バカだな！」

会社に着くなり、大声で罵倒された。

三つ上の緒方紘《おがたこう》先輩が、私の机の前に立って私を睨《ね》めつけてくる。

ツンツンと立った短髪と同じで、いつも私に刺々《とげとげ》しい発言をしてきて、正直苦手だ。

せっかくハンサムなのに、目つきと言葉がきついせいで台なしな人である。

隣の市の開発事業の現場監督として長期出張していたのだが、終わったらしい。

（もっと長くかかっても良かったのに……）

これ見よがしに顔をしかめてみせる。

「いきなりなんですか！　あ～あ、緒方先輩がいない間は静かだったのに」

やられたらやり返すたちの私は、先輩相手といえども負けない。大きな溜め息をついて、机にドサッとカバンを置くと、緒方先輩がまた「バカだからバカって言ってるんだ！」と不機嫌そうに言った。

「だから、なんのことですか！」

なんのことかわからないまま、頭ごなしに怒られて苛立つ。

彼はよくこんなふうに私のすることなすこと、難癖をつけてくるのだ。アドバイスをしているつもりみたいだし、実際、有益なことも言ってくれるんだけど、素直に受け入れられない。

「虫退治とかいうわけのわからん理由で若い男と同居するなんて、バカに決まってるだろ！」

「あぁ、なんだ、そんなことですか」

拍子抜けして軽く流すと、緒方先輩は鋭い目をさらに尖《とが》らせた。

「そんなことじゃないだろ！　なにかあってからじゃ遅いんだぞ？」

「なにかって、なんですか！　緒方先輩がなにやらしい想像をしているのか知りませんが、貴さんはそんな人じゃありません！」

「貴さん⁉」

あ、しまったと思ったけど、知らぬ顔でツンと横を向く。

「お前なんてな、都会の御曹司に弄《もてあそ》ばれて捨てられるのがオチだ。やめとけ」

「なんですか、それ！　私たちはそんな関係じゃありません！　社長〜、セクハラする人がいます〜！」

緒方先輩と話していても嫌な思いをするだけなので、ニヤニヤと笑っている社長に矛先を変えた。

私たちが言い合いを始めると、いつもみんなおもしろがって見ているのだ。

「許してあげなよ、佐々木さん。緒方くんは、かわいい佐々木さんが心配で心配で仕方ないんだから」

「なっ、違っ……！」

「そんなわけありませんよ！」

否定する緒方先輩に、私。

微笑《ほほえ》ましそうに言われても困る。

社長や他の人は歳が離れているからか、私たちを子どもを見るように見てくる。緒方先輩と私を喧嘩友達と思っているふしがある。だけど、全然違う。

「もう、いつも余計なお世話ばかり……」

「余計じゃないだろ！　常識的に考えて、若い男女が一つ屋根の下なんて、世間体が悪すぎる！」

「そんなの、私が気にしてないんだからいいでしょ！」

「良くない！」

「じゃあ、どうするって言うんですか？」

「俺が今日からそこに住む！」

「はあ？」

「お前は自分の家に帰れ」

予想外の言葉に、目を剥《む》く。

絶句した私に構わず、緒方先輩はどんどん話を進めていく。

「いいですよね、社長？」

「まぁ、僕も外聞は気になっていたし、國見副社長がいいと言うなら……」

「じゃあ、決まりということで」

「ちょっと待ってください！」

驚きから覚めた私は慌てて制止した。

「そんな勝手に、困ります！」

「なんだ、困るのか？　そんな関係じゃないんだろ？」

「そういう話じゃありません！　今、家に帰るのはまずいというか……」

「お母さんとなにかあったのか？」

急に眉をひそめて心配そうに言われて、苦笑する。

緒方先輩はデリカシーがなくて感じも悪いけど、こういう人の良さがあって、嫌いになりきれないのだ。

「違います。今、うちに母の結婚相手が泊まりに来ているので、二人きりにしてあげたいんです」

過去に母が破局した原因の一つに私の存在があった。近藤さんは違うと思いたいけど、できるなら二人きりがいいに決まっている。

近藤さんには、私が長期で不在にするので母のことを頼むと言ってあった。せっかく近藤さんがうちに来てくれているのに、二人の邪魔はしたくない。

それを説明すると、緒方先輩は「なるほどな」とうなずいた。

わかってくれたかとほっとすると、彼はまた違うことを言い出した。

「じゃあ、俺もサポート役として古民家に住む。あそこはまだ二部屋余ってるからいいですよね、社長？」

「いいけど……」

私を気にしながらもうなずいた社長に、私はブーイングの声をあげた。

「えぇーっ！」

「いいじゃないか。地権者への挨拶《あいさつ》もまだなんだろ？　そっちは俺のほうが得意だから、御曹司様を連れていってやるよ」

そう言われて唇を噛む。

地元の有力者の面々はくせ者揃いで、私はまだお嬢ちゃん扱いされていた。緒方先輩はしっかり信頼関係を築いて、かわいがられているのに。

だからというわけではなかったけど、まずは貴さんにここの良さを感じてもらい、開発を進めたいと思ってもらってから、挨拶《あいさつ》に行こうと思っていた。順番を間違えたら、私ではこじれさせてしまうかもしれないから。

この間、貴さんからここを肯定する言葉をもらえて、これから段取りしようと思っていたのだ。

私より緒方先輩が間に入るほうがスムーズに行くことはわかっている。

（でも、担当は私なのに……）

私の沈黙を肯定だと解釈したのか、緒方先輩は勝手に古民家のスペアキーを取り出し、またあとでと言い残して外出してしまった。

私は溜め息をついて、パソコンを立ち上げた。

午後、古民家に行くと、すでに緒方先輩がいた。

無表情な貴さんと、にこにこと愛想笑《あいそわら》いを顔に貼りつけた緒方先輩が居間で向かい合っている。

「緒方先輩！　もう来てたんですか？　貴さん、すみません。急なことで連絡もしないで……」

貴さんに説明してからにしようと思っていたのに、と緒方先輩を睨《にら》む。

「別にいい。ここは君たちの施設だしな」

ちらりと私を見上げ、貴さんは軽く返した。私たちの生活に先輩が加わるというのに、気にしていないようだった。

そのどうでもよさそうな様子に、なぜだか腹が立った。

「貴さん、今日は古民家で売っているグッズの仕入業者のところへ行きます。前に行きたいって言っていたでしょ？」

「あぁ、わかった。僕はいつでも出られる」

「じゃあ、行きましょう。緒方先輩、失礼します」

貴さんは先輩に軽く会釈《えしゃく》して、立ち上がった。


「緒方先輩が強引ですみません。なにか変なこと言っていませんでした？」

車で業者のところに向かいながら、貴さんに尋ねる。

緒方先輩ならズケズケと『虫が嫌いなのか？』なんて言いそうだ。

「いいや、君のサポートとして加わるとだけ。地権者への挨拶《あいさつ》に行きたいとは言っていた」

「ああ、そうなんです。緒方先輩のほうが市の有力者との繋がりがあるので、お願いすることにしたんです」

とても不本意だけどね、と心の中で付け加える。

でも、経験値が違うんだから、仕方ない。

今後のために、私も同行して学ばせてもらおうと前向きに考えた。

「そうか」

貴さんはやっぱりなんとも思っていない様子で、胸がもやもやする。

その後業者を二つ回り、グッズの管理体制、対応能力などの質問をしたり、倉庫を見せてもらったりした。そうしているうちに、あっという間に夕方になった。

女性の担当者は漏れなく貴さんに見惚《みと》れていて、「また連れてきてね」とこっそり言われた。愛想《あいそ》はなくても、抜群の容姿だから、鑑賞したくなる気持ちはわかる。私だって三日で飽《あ》きると思っていたのに、今でもたまに目を奪われることがある。

それでも、なんだかおもしろくない。

(貴さんの笑顔の破壊力はこんなもんじゃないんだから！)

頭の中で、彼を見た女性たちにマウントを取っている自分に気づき、ハッとする。思いがけない自分の心の動きに戸惑った。

古民家へ戻る道すがら、私はいつものように貴さんに尋ねた。

「今日はスーパーに寄りますか？」

「あぁ。緒方さんが加わるなら、食材を買い足さないといけない」

「そういえば、そうですね」

どこかに出かけたついでに、スーパーに寄るのが恒例となっていた。

公私の区別がつけにくいなぁと思うけど、定時は過ぎているから、許容範囲だよね。

(今日から緒方先輩も一緒にご飯を食べるんだ……)

三人で食卓を囲む図を想像して、顔をしかめる。

(変な感じ!)

「あかりは緒方さんと折り合いが悪いのか?」

「えっ!」

急に聞かれて、びっくりした。

(それに、名前……)

寝たふりをしていた時以来、初めて名前で呼ばれた。

貴さんも気がついたようで、少し恥ずかしそうに目を逸《そ》らした。

「君だって貴って呼んでいるし、いい名前だから呼んでみたくなった」

気に入っている名前だから、そう言われるとうれしい。周りの人も呼びやすいらしく、名前で呼ばれるのはめずらしいことじゃないのに、なぜか顔が熱くなる。

「お、お好きに呼んでください。それより、緒方先輩のことですね!」

私は強引に話を戻した。

同じ会社の先輩だし、貴さんにとっては仕事相手なのに、態度が悪かったかなぁ。

反省した私は少し考えてから、オブラートに包んで説明した。

「緒方先輩は面倒見がいいんですが、良すぎてちょっと困るところがあるんです。もうちょっと私を信用して任せてほしいというか……」

「なるほど。彼は先回りして自分でやってしまうタイプということだな」

「そう！　そうなんです！　遠回りかもしれないけど、私は自分でやりたいんです。なのに、緒方先輩は見ていられないのか、すぐ手を出してきて……あっ！　でも、いい先輩なんですよ？」

気がつくと、貴さん相手にグチを言ってしまっていて、慌てて取りつくろった。

「その気持ちはわかるな。僕もできればなんでも自分一人でやりたいたちだから」

「わかってもらえます？」

共感を得られてうれしくなる。

「僕もあかりの領分に手を出しすぎないように気をつけよう」

貴さんが神妙に言った。まるで私の機嫌を損ねたくないような口ぶりだった。

まさかね。


「これ、佐々木の手料理か？」

貴さんが作った料理を座卓に並べていたら、緒方先輩が居間にやってきた。

今日の献立は、鶏の竜田揚げにナスの煮浸し、豆腐とエノキと小松菜のお味噌汁だ。

竜田揚げが好きなのか、緒方先輩はお皿を覗いて顔をほころばせた。

「違いますよ。全部、貴さんが作ってくれたんです」

「貴さんが？　なんでだよ」

緒方先輩はあっという間にいつものしかめっ面になる。先輩も名字呼びは嫌だと言われたみたいで、早速貴さんと呼んでいた。

「だって、料理は貴さんの担当ですから。すっごくお上手なんです。食べたらびっくりしますよ」

「自分で作るほうがいいので、料理を担当させてもらっています」

私と貴さんが言うと、先輩は揶揄《やゆ》するように「御曹司様はなんでもおできになるんですね」と言った。そんな嫌な言い方をするなんて、社外の人には愛想《あいそ》のいい先輩にしてはめずらしい。

その言葉を聞いて、貴さんが優美な眉をひそめた。

(もう、なんでそういう言い方をするのよ！)

嫌な雰囲気になりかけたので、慌てて話題を変える。

「そうだ！　ここに住むからには、先輩もなにか当番してくださいね！　お風呂洗いとかゴミ出しとか」

「はいはい。わかったよ。お前はなにをやってるんだ？」

「私は掃除係です」

「お前の机の上、きったねーのに、片づけできるのか？」

「失礼ですね！　あれは資料が多すぎるだけですよ！　家の中はちゃんと片づけられます！　ほら、

綺麗でしょ？」

からかう先輩に憤慨して、居間を指し示した。

といっても、貴さんも私も居間に私物を置いてないから、ただものがないだけだ。

「ふ〜ん。まぁいいや。食べようぜ。腹が減った」

勝手なことを言って、緒方先輩は残りのお皿を運んでいった。


「マジうまいな、これ。どこで習ったんですか？」

「独学です」

「独学で竜田揚げって」

「一人暮らしが長いので」

「俺も長いけど、料理をしようと思ったことはないなぁ」

揚げたての竜田揚げをバクバク食べて、緒方先輩は舌鼓《したつづみ》を打った。

座卓に貴さんと私が向かい合って、私の隣に先輩が座っている。

先輩はとにかくしゃべりまくり、昨日までの静かな食事時間が一変した。

貴さんはうなずいたり、先輩の質問に端的に答えたりと、マイペースにしていた。

でも、緒方先輩のコミュニケーション能力は半端じゃなかった。あの貴さんを会話に巻き込んで、先輩と同い年だということや、趣味は読書で特にSFが好きだなんてことまでも聞き出してしまった。

私は感心して、ただ二人のやり取りを眺《なが》めていた。

「同い年だったら、タメ口で話してもいいですか？」

先輩が図々しく言うのに、貴さんが軽くうなずいた。

「あぁ。そのほうが僕も気が楽だな」

「俺も助かる。仕事を離れたら、ざっくばらんに話したいもんな」

そのあとも気安い様子で二人はしゃべっていた。ほとんど緒方先輩が一方的に話していたけど、貴さんもそれを煩《わずら》わしく思っている感じではなかった。

その一方で、蚊帳《かや》の外《そと》に置かれた私はおもしろくなかった。

(やっぱり緒方先輩は嫌いだ！)

先輩がいるだけで、その場が彼のものに変わってしまう。私は小さい子みたいに唇を尖《とが》らせた。


夕食後、緒方先輩がお風呂を洗って、貴さん、先輩、私の順にお風呂に入る。

「あ〜、あったまった」

水を飲みに台所に行こうとすると、居間でテレビを見ていた緒方先輩が目を剥《む》いた。

「お、お前、今までもそんな格好でうろついてたのかよ！」

「そうですけど？」

「女としての危機意識はないのか!?」

「意味がわかりません！」

私はパジャマ代わりにしているもこもこ素材のワンピースを着ていた。

くるぶし丈だし、分厚くてダボッとしているから身体の線は出ない。なにが悪いのかと反発する。

「お風呂上がりに普通の服を着ているほうがおかしいでしょう？」

「それにしても……なぁ、あんたはこいつを見て、なんとも思わないのかよ？」

うるさかったからか居間に出てきた貴さんに、先輩は突然話を向けた。

眼鏡の奥の冷静な目が私を眺《なが》め、「別に」とつぶやく。

（あー、そうですよね。私相手になんとも思いませんよね。一緒に寝てもなにもないし。別になにかあってほしいわけじゃないけど）

拗《す》ねて貴さんから目を離す。

「緒方先輩はなにか思うんですか？」

「お、思うわけねーだろ！　お前なんかに、なにも感じねーよ！」

なぜかキレ気味に答えられて、ムッとする。

「じゃあ、問題ないじゃないですか！」

「……ないな！」

への字口になった緒方先輩は目を逸《そ》らして、急に「寝る。おやすみ」と自分の部屋に戻っていった。

もう、自分勝手なんだから！

取り残された貴さんと私は目を見交わす。

「やかましくて、すみません」

苦笑しつつ、私が謝ると、ふいに貴さんが私の髪に指を絡ませた。

梳《す》くように指を動かして、私を見つめて、ポツリとつぶやいた。

「……本当は、思う」

「え？」

聞き返したけど、貴さんは手を下ろして、首を振った。

「なんでもない。おやすみ」

「……おやすみなさい」

彼はあっさり背を向けて、自室へと消えた。

貴さんに意味のわからない言葉を投げられたまま去られて、ぽかんとする。

(なんなのかしら、いったい)

首を傾げると、濡《ぬ》れたままの髪が顔に張りついた。そこでまだ乾かしていなかったことに気がついて、私はドライヤーをかけに部屋に戻った。でも、お水を飲みに行ったんだったと思い出して、また居間へ引き返す。

(もう、なにやっているのかしら)

自分の行動に苦笑した。

——本当は、思う。

ドライヤーをかけていると、先ほどの貴さんの言葉がふいにリフレインする。

鏡の中の私が赤くなっているのは、きっとお風呂でのぼせたせいだ……

もう寝ようと貴さんの部屋に向かいかけて、緒方先輩がいるのに一緒に寝るのはダメだと気づいた。

(だから、貴さんもさっさと部屋に戻ったのかな)

久々の自分のベッドはひんやりとしていて、めずらしく私は寝つきが悪かった。


嵐のような緒方先輩だけど朝が弱いようで、ギリギリの時間まで起きてこなかった。そのおかげで、朝食は貴さんと穏やかにとることができた。

(緒方先輩がいないと平和だわ)

無口な貴さんと過ごす時間が意外に気に入っていたことに気づく。

食事をしながら、ちらりと向かいの貴さんを見る。彼はいつもの綺麗な無表情で、昨夜の言葉の意図を解くヒントはどこにもない。

もしかして、大した意味はなかったのかな。

ふいになでてくるのと同じくらい、貴さんにとってはなにげないことなのかもしれない。

私たちが食べ終わった頃に、緒方先輩がガタガタと音を立てて起きてきた。

「先輩、おはようございます」

「……おはよう」

「おはよう。朝食いるか？」

「食べる。さんきゅ」

まだ眠そうにぼや〜っとしている緒方先輩はレアだ。

美形と眠たげなイケメンが会話している様子に、なんだか心がときめく。

貴さんが用意した朝食を、先輩はあっという間に食べ切った。


午前中は家で仕事をするという貴さんを残して、先輩と私は会社に向かう。

乗せてってくれという先輩をしぶしぶ車に乗せると、発車するなり先輩がつぶやいた。

「思ったよりまともなんだな」

「なにがです？」

「御曹司様だよ」

「だから言ったじゃないですか！」

納得したから一緒に住むのはやめたと言ってくれないかなと思ったけど、先輩は言わなかった。

それどころか不遜なことを言う。

「でも、お前は危なっかしいから、俺が見張ってないとな」

「そんなことありません！　大きなお世話です！」

（もう本当に、この人のおせっかいからどうやったら逃げられるのか）

私は思いっきり顔をしかめた。

○●○

そんなふうに、緒方先輩は存在自体がうるさかったけど、それでも、お互い大人なので、思ったよりは順調に同居生活は過ぎていった。

そして、やってきた週末。リゾート番組を見ながら、私は缶ビールを傾けていた。

緒方先輩がいるからどうしようかと思ったけど、さっさと自分の部屋に帰ってくれたし、貴さんも自室にこもっている。

控えめにすればいいかと、いつものように飲み始めた。

今夜のビールは日本酒メーカーが作ったもので、パッケージがかわいいので買ってみた。なんとお米が使われたビールらしい。

ワクワクして飲んでみたが、違いがわからない私は「おいし〜い」という感想しか出なかった。

魚料理に合うと書いてあったので、今日のおつまみは、白身魚のフリッター。外はカリッと中はふわっとしていて、我ながらうまくできた。ジェノベーゼソース入りのマヨネーズをつけて食べると、うま味が増した。

ご機嫌でビールもどんどん進む。

(しあわせだなぁ〜)

こんなにおいしくできたから、誰かに食べさせたくなった。

でも、貴さんは私の作ったものは食べないだろうし、緒方先輩にでもあげる？　でも、なんかもったいない？

う〜ん、と考えている間に、目が閉じてきた。

「……り、……あかり……」

「ん〜？」

揺り動かされて名前を呼ばれて、半覚醒状態で返事をする。

この声は貴さんね……

でも、まぶたも頭も重くて持ち上げられない。

私は座卓に伏せたまま、放っといてと首を振った。

「佐々木？　酔いつぶれてるのか？」

「そうみたいだ。まったく起きない」

「しょうがねーな」

遠くのほうで貴さんと緒方先輩が会話する声が聞こえる。

気持ち良く寝ているんだから、放っといてくれていいんだけどなぁ。

そんなことを思っていると、ふいに抱き上げられた。運ばれているのか、身体が揺れる。私は温かな胸に顔をすり寄せた。

「ん……貴さん……？」

夢うつつでつぶやくと、「ちげーよ」とムッとしたような緒方先輩の声がして、パチッと目が覚めた。

貴さんじゃないことに動揺する。

「わっ、な、なんで？」

無言でベッドに私を下ろした先輩は、バフンと私の頭に布団をかけた。

「お前、油断しすぎ！」

不機嫌な声がして、バタンと戸が閉められた。

○●○

「今週の金曜は空いてるか？　温泉地周辺の土地を持ってる須藤《すどう》のじーさんのところに行ってみようと思うんだが」

夕食時に、緒方先輩が貴さんに聞いた。

先輩は須藤のじーさんなんて言っているけど、地元の名士だ。偏屈なおじいさんだけど、緒方先輩はなぜか気に入られて、孫のようにかわいがられている。

「午後なら空いている」

「じゃあ、アポ取っとくよ。四時ぐらいがいいかな。そのまま接待になるからな」

「予定しておく」

二人の会話を聞いて、私は口を挟んだ。

「私もついてっていいですか？」

「いいけど、お前、あのじーさん苦手じゃなかったか？」

「苦手じゃないのって、緒方先輩くらいですよ」

苦笑して言うと、先輩はそうか？　と首を傾げた。

「ああいうじーさんは自分のところで慣れてるからな」

先輩は自営業で忙しいご両親の代わりにおじいさんに育てられたそうだ。大人になってからは、先輩がおじいさんの面倒を見ていたらしい。介護していたおじいさんは数年前に亡くなったという。

（そんなこと、初めて聞いたなぁ。面倒見がいいのはそのせいなのかな？）

一緒に働き出して五年になるけど、先輩とは口喧嘩ばかりで、当然プライベートの付き合いはなく、最近になって知ることが多かった。

別に知りたいわけじゃないけどね。


無事に須藤さんのアポが取れ、金曜日、私たちは先輩の運転で挨拶《あいさつ》に向かった。

私が助手席で、貴さんには後部座席に座ってもらっている。

「お前と一緒でちいせーな、この車」

「余計なお世話ですよ！　運転しにくいなら、私が運転したのに」

「別に。単なる感想だ」

確かに大柄の先輩には私の軽は窮屈《きゅうくつ》そうだ。

うちの会社は社用車がないので、手当をもらって自家用車を使っている。今日はどうせ飲みになるからと、緒方先輩は自分の車は置いてきたのだ。

（もう！　いちいち言わなくていいことを言うなぁ）

不機嫌になった私を横目で笑って、緒方先輩は言った。

「この間も言ったが、須藤さんは温泉地一帯の土地を持ってる。口は悪いが、嫌な人じゃない」

「もしかして、お互い口が悪いから、気が合っているんじゃないですか？」

「なわけねーだろ！」

頭をツンとつつかれた。

「それは須藤さんに失礼でしたね」

ふふんと笑うと、「お前なぁ〜」とあきれた声で返される。

「まぁ、とにかくきついことを言われるかもしれないが、気にするな」

「わかった」

緒方先輩は私のからかいを無視して、貴さんにいくつかアドバイスをした。それを聞いて、貴さんは生真面目な顔でうなずいていた。

私たちがやかましかったからか、少し眉をひそめながら。

「須藤さん、こちらが國見コーポレーションの國見貴さんです」

「國見コーポレーション、副社長の國見貴と申します。本日はお時間をいただき、ありがとうございます」

緒方先輩の紹介に、貴さんは綺麗なしぐさで名刺を出し、頭を下げた。

「須藤茂一だ。こりゃまたずいぶん男前を連れてきたなあ。さすがの緒方くんも負けそうじゃないか」

大きな声でガハハと笑う須藤さんに、先輩は肩をすくめた。

「勝負してませんし。で、こっちのが前にも紹介した……」

「おおぅ、覚えとるよ。緒方くんのお気に入りの嬢ちゃんだろ？」

「ちょっ……、違いますよ！」

めずらしく赤くなってうろたえる先輩に、須藤さんがまた豪快に笑った。

びっくりしたけど、からかっただけらしい。

「須藤さん、ご無沙汰しております。佐々木です。お聞き及びかと存じますが、國見コーポレーションさんが今、ここ一帯のリゾート開発を検討されているそうで……」

「クスノキは切らせないからな」

須藤さんはいきなり私の話を遮《さえぎ》って、ギョロリとした目で睨《ね》めつけてきた。その鋭い視線は私から貴さんへと移る。

さっきまでの上機嫌が一転、険しい顔になっている。

（だから、この人は怖いのよ……）

緒方先輩がフォローしようと口を開きかけた時、それを制して貴さんが話し出した。

「鎌倉時代からあるとされている樹齢八百年あまりのクスノキ。樹高三十三メートル、幹周十二メートル、枝張り東西二十四メートル、南北二十七メートル。先日見てきましたが、見事ですね。佐々木さんから、須藤さんが大切にされていると聞いています。それを切るなんてとんでもありません。ぜひあの場所はクスノキをメインで考えましょう」

「メイン？」

いつの間に調べたのか、いきなりクスノキの情報を話し出した貴さんに、須藤さんは毒気を抜かれたように聞き返した。

「昨今、大木はパワースポットとしても取り上げられます。弊社が開発に携わる場合は、癒《いや》しの空間の象徴として、あのクスノキを扱いたいと思っています。あのクラスの大木なら、天立市から文部科学大臣に天然記念物として意見具申できます。登録記念物ならより指定を受ける確度が高いでしょう」

「天然記念物⁉」

淡々と規模の大きいことを話す貴さんに、須藤さんはあっけにとられていた。

(情報を調べて披露しつつ、持論を展開するのが貴さんのスタイルなのね)

初めて会った時は腹を立ててしまったけど、悪気はなかったみたいだ。

「プッ、ガハハハッ！　緒方くんが連れてきた男前はおもしれーな、気に入ったわ！」

須藤さんが手を打って爆笑した。

緒方先輩も「いきなり天然記念物とはね。さすがの発想だなぁ」と感心している。

須藤さんが再び笑顔になって、場がなごむ。それからは険悪な雰囲気になることもなく、雑談を交えつつ、穏やかに意見交換ができた。

私は、貴さんがリゾート開発に積極的な発言をすることに驚いていた。

ここの良さをわかってもらえている感触はあったけど、どちらかというと反対派もしくは消極的なんじゃないかと思っていたから。

うれしくなり貴さんを見ると目が合って、にこりと微笑《ほほえ》まれた。

（……だから、美形の不意打ちの笑顔は攻撃力高すぎなんだって！）

跳ねた心臓を抑えるように、私は胸に手を当てた。


「よし、飲みに行くか！」

須藤さんの音頭で、私たちは小料理屋に行くことになった。

彼の行きつけらしい。

おいしい日本酒が入っているということで、みんなの前にはそれがなみなみと注がれたグラスが並んだ。けど、私の前には烏龍茶が置かれた。

私だって飲みたかったのに「お前はダメだ」と緒方先輩からも貴さんからも止められたのだ。

「ちょっとぐらいは大丈夫ですよ」

私の主張に二人が断固として反対するので、口を尖《とが》らせる。

「少しぐらい飲ませてやれよ」

須藤さんが擁護してくれたが、緒方先輩はかぶりを振った。

「こいつ、めちゃくちゃ酒ぐせが悪いのでやめときましょう。それに運転して帰らないといけないんで」

「運転なら代行サービスを頼んでやるのに……って、なんだ。嬢ちゃんが酔っ払った姿を誰にも見せたくないってか？」

「違います！」

会社の人たちと同じようにからかう須藤さんに、緒方先輩が不機嫌そうに否定した。

不満ではあるけど、確かに運転手が必要だ。仕方なく私は烏龍茶で、おいしい料理を楽しむことにした。


「そろそろ次に行くか〜」

「また『さより』ですか？」

「そうだなぁ、結局あそこが一番落ち着くからなぁ」

顔を赤くした須藤さんが陽気に言い、緒方先輩がそれに答えた。

先輩はザルだから、顔色も調子も全然変わっていない。

貴さんを見やると、眉をひそめて、こめかみを揉《も》むように指を当てていた。

「申し訳ありませんが、頭痛がひどくて、お先に失礼させていただいてもよろしいでしょうか？」

「なんだよ、兄ちゃん、酔ったのか？　大してしゃべりもせずに、もう帰るのかよ」

「まあまあ、須藤さん、この人はもともと無口なんですよ。今日は俺がとことん付き合いますから、いいじゃないですか」

むっとした須藤さんを先輩がとりなしてくれる。

須藤さんも本気で怒っているわけではないようで、ブツブツ言いながらもうなずいた。

「またお前とサシか。新鮮味がねーなー」

「変化がなくてすみませんね」

「本当に申し訳ありません」

頭を下げた貴さんは確かに顔色が悪い。

目で合図してきた緒方先輩にうなずく。さっと会計を済ませると、先輩が須藤さんをうまいこと連れ出してくれたので、私は貴さんを連れ帰ることにした。

「すまない……」

貴さんは車に乗るなり座席にもたれて、息を吐いた。眼鏡をとって、眉間を揉《も》みながら謝ってくる。

かなりつらそうだ。

(いつから頭痛がしていたんだろう？　気がつかなかった)

「全然いいですよ。私も二次会を逃れられて、ラッキーですし。それより、大丈夫ですか？　薬飲みます？」

まだドラックストアは開いているかなと思いながら聞くと、彼は首を横に振った。

「もう飲んだ。たぶん、じっとしていたら大丈夫だ」

目を閉じたまま、貴さんは答えた。

眉を寄せたその顔は血の気がなく、白い大理石の彫像《ちょうぞう》のようだった。

前に頭痛で倒れたと聞いたので心配だ。

彼を気づかいながら、車を走らせる。

家に着いて再び声をかけると、眼鏡をかけ直した貴さんがまだ白い顔で車を降りた。

予想に反してしっかりとした足取りで歩き出したので、ほっとした。

「貴さん、頭痛は治まりました？」

「少しましになった」

そう言った貴さんの眉は寄せられたままで、治っていないのがまるわかりだった。

居間に入ったところで、私は彼の肩をぐいっと押して強引に座らせた。

「あかり？」

「頭痛ってことは肩がこっているんじゃないですか？　眼鏡も疲れそうだし、揉《も》んであげますよ」

貴さんは「いや、いい」と遠慮したけど、その肩を有無を言わさず揉《も》む。

母が偏頭痛持ちで、しんどそうな時にはよく肩を揉《も》んであげていた。だから肩揉《かたも》みは得意なのだ。

「うわぁ、ガチガチじゃないですか！　全部が骨みたい！」

(こんなにこっていたら、そりゃあ、頭も痛くなるわ)

肩全体をゆっくりさするようにほぐしていき、肩の付け根をグッと押す。

最初は遠慮していた貴さんも、気持ちがいいのか、私に身体をゆだねてくれた。

「もしかして、最近あまり眠れていませんでしたか？」

不眠の可能性に思い当たり、聞いてみる。

「君が隣にいなかったから……」

貴さんがそんな言い方をするから、なんて答えたらいいかわからなかった。


しばらく揉《も》んでいると、貴さんが振り返った。

「ありがとう、あかり。楽になった」

思った以上に至近距離にあった麗《うるわ》しい顔が、ふっと微笑《ほほえ》む。

ボッと頬が燃える。

（この距離でその笑顔は凶器だから！）

そんな私をじっと見て、笑みを深めた貴さんから目が離せない。

後頭部に手を添えられた、と思ったら、唇が重なった。

（えっ……！）

驚いている間に唇は離れていった。しかしすぐに身体ごと私に向き直った貴さんが、また顔を近づけてきた。

ハッと我に返った私は、慌てて貴さんの唇を手で覆《おお》った。

「だ、ダメです！」

「なぜ？」

優しく私の手首を掴《つか》み、口から退けた貴さんは首を傾げた。

「な、なぜって……私は誰とも恋愛するつもりがないからです！」

思わず口にした言葉に、貴さんは目を見開いた。

「誰とも？」

「そうです。誰とも。だから、ごめんなさい」

私はおやすみなさいとつぶやいて、逃げるように自分の部屋に帰った。


部屋に戻った私は扉を背に、ズルズルとしゃがみ込んだ。

今さらながらに、心臓がバクバク鳴り出して、顔が熱くなる。

（貴さんとキスしちゃった……）

至近距離で見た綺麗な顔がボンと思い浮かんで、恥ずかしさに顔を覆《おお》ってジタバタする。

（いきなりなんなの～！　どういうつもりなの？）

今まで恋愛とは無縁で過ごしてきた。

誰かを好きになったことなんかないし、ましてキスなんかしたことはなかった。当然、貴さんのことをそういう目で見たこともなかったし、自分が彼にとって恋愛対象になると思ったこともない。

それなのに……

ひんやりとしたやわらかい唇。

それが私に触れた。

その感触を思い出して、唇を押さえる。

(嫌じゃなかった……)

そう思ってしまったあとに、ブンブンと首を振る。

(違う違う！　私は恋愛しない！　誰とも！)

暴れ乱れる鼓動をなだめながら、私は膝を抱えた。


翌朝、気まずい思いで居間に向かうと、すでに貴さんも起きていた。

「おはようございます」

「おはよう、あかり。昨日は……」

「昨日のことは気にしないでください！　なかったことにしましょう！　ね？」

うろたえた私は、なにか言われる前に早口で言った。

真剣な目でじっと私を見ていた貴さんが目を伏せた。

「……わかった」

なんの感情も乗っていない声。あっさりとうなずかれる。

動揺していた自分がバカみたいだ。

(別に深い意味はなかったのかもしれない。雰囲気に流されたとか、ただのはずみだったとか)

それからなにもなかったように貴さんは作った料理を並べた。

私もお皿を運ぶ。

今日のメニューはさっぱりした和食だ。

白ご飯に水菜と梅とろろ昆布のお吸い物、大根おろしが添えられたじゃこ入り卵焼き。

昨夜、須藤さんに勧められるままに食べたせいで、疲れていた胃に優しい。

ほとんど会話もないまま食事を終えて、片づけをする。

こういう時に限って、にぎやかな緒方先輩は起きてこない。

昨日は遅かっただろうから仕方ないんだけど、いてくれたら気が楽だったのにと思う。

貴さんはそんなにしゃべるほうじゃないから、今までも沈黙は多かったけど、不思議と嫌だとは感じなかった。でも、今日の静けさは居心地が悪くて、私は朝食後すぐに出かけることにした。

虫が出ても、きっと緒方先輩が処理してくれるはず。


車で駅前の本屋さんに行って雑誌をパラパラめくったり、小説の表紙を眺《なが》めたりする。お気に入りの作家の新刊が出ているのを見つけたので、一冊取り上げてレジに向かった。

(そういえば、貴さんはSFが好きだと言っていたわ)

ふと思い出してしまって、首を振る。今は彼のことを考えたくない。

そのまま商店街をぶらぶらしてみる。

八百屋さんの前を通りかかり、貴さんが『こんな太い大根を見たのは初めてだ』とどの野菜も立派なのに驚いていたわと、思い出し笑いをする。そして、直後に憮然《ぶぜん》とする。

(ダメだ、貴さんのことは忘れたいのに)

商店街にはよく二人で買い物に来ていたから良くないのだろう。

私は気分を変えようと車に戻り、ドライブすることにした。

前方に、大きなクスノキが目に入り、貴さんが観光地の目玉にするとか言っていたなぁと思い出す。

(また、貴さんのことを考えている)

思考を切り替え、クスノキまで行ってみることにした。

よく目にしていた割に、近くまで行ったことがなかったから。

見上げるほどの大クスの下は、こんもり繁った葉の陰で冷え冷えとしていた。

私はガサガサした幹に触れてみた。

冷たいはずなのにほのかに温かみを感じて、なんだか癒《いや》される。

(ここに来たら、貴さんのストレスも少しは消えるかも)

巨木がパワースポットにされるのもわかるなぁと思いつつ、やっぱり貴さんのことが頭から離れない自分に苦笑する。

(だって、ファーストキスだったんだもん。仕方ないよね?)

その日は夕方まであてどなくさまよって、家に戻った。

白い漆喰《しっくい》の壁が夕焼けでオレンジ色に染まり、古民家は情緒たっぷりだ。まさか、ここを自分の家と認識するようになるとは思っていなかった。

（もう一ヶ月半経つもんね）

がらがらと格子戸を開ける。

ノスタルジックなこの音が、実は好きだ。

「ただいま～」

「よう」

「おかえり」

居間に入ると、緒方先輩と貴さんがいた。

バチッと貴さんと目が合って、カッと頬が熱くなる。

貴さんはいつものポーカーフェイスだ。

（意識しているのは私だけなんだろうな）

目を逸《そ》らすと、今度はじっと私を見ている先輩と目が合った。

「なにかあったのか？」

探るように聞かれたので、あえてキョトンとした顔を作って首を傾げた。

「なにか？　なにもないですよ。それより、昨日はありがとうございました。遅くまで飲んでいたんですか？」

先輩はまだ疑うように見ていたけど、「帰ったら二時だった」と苦笑して話に乗ってくれた。

それから、雰囲気を変えるように須藤さんとの話をおもしろおかしくしゃべってくれたので、今日だけは緒方先輩のにぎやかさに感謝した。

○●○

貴さんが平常運転なおかげで私のぎこちなさも解消されていった。

あれは事故、なにかのはずみで口がくっついただけと思えるようになってきた頃、貴さんが親族会議のため、東京で一泊してくると言った。

「親族会議？　なんかものものしい響きだな。御曹司様ともなると、そんな面倒くさそうな集まりがあるんだな」

緒方先輩がからかうような同情するような言葉を口にすると、貴さんは顔をしかめた。

「実際、面倒なんだ。父と叔父は対立しているし、従兄は僕をライバル視して無駄に絡んでくる」

貴さんはめずらしく感情をあらわにして、深い溜め息をつく。

「ライバル視？」

「あぁ。父は僕を後継ぎにしたいらしいが、叔父は叔父で長男である従兄を次期社長にしようと画策しているんだ。みんな似たような押しの強い性格で、その応酬を聞いているだけで頭が痛くなる」

考えるのも憂鬱だというように、彼は眼鏡のブリッジを押して、目を伏せた。

（アグレッシブな人たちに囲まれて、繊細な貴さんはつらいんだろうなぁ）

不眠や頭痛の原因を見た気がして、心配になった。

「なんか、すげーな。昼ドラになりそうだよな～」

緒方先輩はのんきに言う。完全に他人事だ。

「先輩、ひどいですよ！」

「いや～、お金持ちにも悩みはあるんだな。頑張れよ」

やっぱり適当に言う先輩を睨《にら》んでいると、貴さんが別の話題を振ってきた。

「その日は夕食を作れないが、あかりたちはどうする？」

「え？」

「……二人で過ごすのか？」

意図がわからず、首をひねると、じぃっと貴さんに見つめられる。

（二人？　先輩と？）

折り合いが悪い先輩と二人になるのを気づかってくれているのだとわかった。

「俺は別に……」

「じゃあ、久しぶりに家に帰ろうかな。男の人と二人は外聞が悪いですもんね、先輩？」

「お前とどうこうなるはずないだろ！」

疑われたと思ったのか、先輩は顔を赤くしてがなった。

貴さんは木曜日の朝に東京に向かった。

それを見送ってから、私も会社に行く。

今日はそのまま実家に帰ることになっている。実家って表現もおかしいけど。

國見コーポレーション関係の仕事がないから、今日は終業時間まで溜まっていたルーティンワークをがっつりこなした。

明日もこの調子で働いたら、ずいぶん仕事が片づくなぁと満足して、パソコンの電源を落とす。

駅前でケーキを買って、久々に家に帰った。

「ただいま」

「おかえり、あかりちゃん！　もう全然帰ってきてくれないんだから！」

家のドアを開けると、タタタッと母が駆け寄ってきた。

拗《す》ねたように言う母の後ろから近藤さんがゆっくり現れて、横に並ぶと「おかえり」とにっこり微笑《ほほえ》んだ。

二人が一緒にいる姿がとても自然で、私も笑みが浮かぶ。

「ごめんごめん、忙しくて」

そんなことを言いながら、本当は緒方先輩がいるから前ほど古民家にいる必要はないんだけど、と考える。

休みの日は、古民家の縁側に設置したイスに座って、庭を眺《なが》めながらぼーっとしたり、本を読んだりしている。そうしていると、貴さんがお茶を持ってきてローテーブルに置いてくれる。

そのまま貴さんは「ここ、いいか？」と言って、私の向かいのイスに座って読書をしたり、書類を読んだりして、静かに過ごすことが多い。

緒方先輩は友達の多い人で、休みはほとんど出かけているから、二人きりの平和な時間だった。

長い脚を組んで、肘をつき、伏し目がちに書類を読んでいる姿は絵になる。

彼はときおり眼鏡をくいっと上げ、私のほうを流し目で見る。

ふいに微笑《ほほえ》むこともあって、そんな時は心臓が跳ねた。

「今日はハンバーグを作ったのよ～」

母の声にハッと我に返った。

(なんで今、貴さんのことを考えていたんだろう？)

「うれしい！　お母さんのハンバーグ好き！」

「そうでしょ？」

にこにこと母が笑った。

屈託のないその笑顔にほっとする。

近藤さんとうまくやっているみたいだな。

長年、彼の人柄を見てきたから疑ってはいなかったけど、父のこととか母の今までの恋人のことがあったから、少し心配していた。

(杞憂《きゆう》で良かった)

その日は二人の幸せそうな様子にあてられ、満足してベッドに入った。

第四章

翌日は仕事が終わると、古民家に戻った。

貴さんは夜遅くなると言っていたし、緒方先輩は今日も自分の家に帰るらしいから、家にいるのは私一人だ。

格子戸を開ける。真っ暗な土間は、いつもよりひんやりしているように感じた。

(開業までに、玄関に和紙ランプでも置きたいな。オレンジの光が出迎えてくれたらいい感じよね)

そんなことを思いながら、電気をつけ、居間に入る。

自室にカバンを置くと、久々に自分で食事を作った。

シーンとした古民家の中は、ギシギシ、パキッという家鳴りが絶えず聞こえる。

適当に作った野菜炒めにワカメと豆腐のお味噌汁を食べながら、少しさみしく感じた。いつもは感じる人の気配がない。目の前に見慣れた人がいない。

お風呂に入って、居間でだらだらテレビを見る。

(貴さん、遅いなぁ。大丈夫かな)

テレビそっちのけで何度も時計を見て、溜め息をつく。

帰りを待っているわけではなかったけど、かなり嫌そうだった親族会議を無事乗り切れたのか、心配だった。


玄関で音がしたのは、日付が変わる直前だった。

ガラガラガラ……

格子戸を開ける音がした。

ここはすぐ帰宅がわかる。控えめなその音で、私は誰が帰ってきたか確信した。

「貴さん、おかえりなさい！」

急いで玄関に行くと、上がり框《かまち》に座って靴を脱いでいた貴さんが振り向いた。

私を認めると、感情のない顔に見る間に喜色があふれた。

「あかり、ただいま」

ドキンッ。

その笑みに心臓が大きく跳ねて、苦しくなる。

なんでこんなに自分が動揺しているのかわからない。

貴さんが立ち上がろうとして、よろけた。

慌てて駆け寄って、支えようとする。でも、とても私では支えきれず、二人して廊下に倒れてしまった。

頭を打つ！　と思ったけど、貴さんが私の頭を抱えるようにして守ってくれた。

彼に覆《おお》いかぶさられるような体勢で見つめ合う。

「……すまない。大丈夫か？」

私を気づかう貴さんの息からはお酒の匂いがした。

顔もいつもより赤らんでいる気がする。

「大丈夫です。飲んできたんですか？」

「あぁ」

貴さんは言うやいなや私の頭を引き寄せ、自分の肩口に押しつけた。

抱きしめる腕の力が強くなり、頭頂部に頬をすり寄せられて、体温が急上昇する。

どうしたんですか……と言いかけた時、耳もとでぼそりと声がした。

「ここに早く戻ってきたかった。あかりに会いたかった……」

耳に熱い息がかかり、ぞくりとする。

彼の腕の中は温かく、ほのかな紅茶の香り――いつもの貴さんの香りに包まれる。

(酔っているのかな？　親族会議がつらかったとか？)

どうしていいかわからずにフリーズしていると、貴さんがつぶやいた。

「僕はメンタルが弱すぎると父に言われた。僕のような人間は一人では頼りないから、早く身を固めろと……」

苦しそうな声に胸を締めつけられて、彼の背中をなでる。

大丈夫だとなだめるように。

「貴さんは繊細なだけですよ。それは悪いことじゃありません」

背中にはひんやりとした床、前には私にのしかかる体温の高い身体。

私の言葉に貴さんは腕を緩めて、なにかを確かめるように私を見た。

普段はクールなまなざしが熱を帯びている。

「あかり……」

耳もとで名前を呼ばれたかと思ったら、ちゅっと湿ったやわらかいものが耳に当たった。

彼の唇だ。

それに気づき、顔が燃えるように熱くなる。

唇が私の耳から頬に移り、そのくすぐったさに彼から逃げようとすると、後頭部を掴《つか》まれてキスされた。

そのキスはこの間と違って、ひどく情熱的で。

そのまま深く強く吸いつかれる。

苦しくなって唇を開けると、舌が入り込んできた。

びっくりして身じろぎしようとしたけど、頭と腰にしっかり手を回されて動けない。

貴さんの舌は私の舌を探し当てると絡みついた。そして、また吸いつかれる。

「んっ！　ぅんんっ……」

角度を変えて何度も吸われるうちに酸欠のようになって、ぼんやりしてくる。

そんな私の舌を解放した貴さんは、私の頬に手を当てて見つめてきた。

「あかり、僕は君が欲しい」

「……!?」

突然の言葉に驚いた。

私を切望する瞳に息を呑む。

普段は冷たい彫刻《ちょうこく》のような彼の顔から男の色気が滴《したた》り、明確な欲望が見えた。

(欲しいって、そういうことよね?)

誰のことも好きになんてならないと思っていた。

わずかに残った理性が、付き合ってもいないのにそういう関係になるなんてと思いとどまらせようとする。

それなのに、うなずいてしまったのはなぜだろう。

首が勝手に動いていたのだ。

なぐさめたかった。求められる喜びもあった。

彼の熱に絆されたせいもあったけど、受け入れた私に、ぱぁっと顔を輝かせた貴さんを見たら、理由なんてどうでも良くなった。


貴さんは起き上がり、私の手を引いて、自室へ招いた。

私をベッドに座らせた彼はコートを床に放り、ジャケットを脱ぎ、ネクタイを解く。

そのしぐさは常になく乱暴だ。性急に私を求める彼の心情が表れている気がして、こくりと唾《つば》を呑み込んだ。

服を脱ぎながらも貴さんの目は私から離れない。その艶っぽいまなざしに射抜かれて、私は催眠術をかけられたように動けず、ただ彼を見つめ返していた。

ワイシャツも脱ぎ捨て、上半身裸になった貴さんは、私をそっと押し倒した。

眼鏡を外し、枕もとに置く。レンズ越しじゃない瞳が、ただ綺麗だった。

頬をなでられ、また口づけられた。

彼の手がするりと頬から首筋を通って肩、胸へと下りてきた。

いつものモコモコした部屋着の上から胸をなでられる。

お風呂上がりのいつものくせでブラをしていなかったので、ピンと立った乳首にすぐ気づかれてしまい、軽く摘《つ》まままれた。

「ぁんっ」

鼻にかかった甘ったるい声が漏れて、恥ずかしい。

貴さんはくすっと笑って耳にキスをする。私に聞かせる気はなかったのだろうか、かすれた声が「かわいい」と言葉を紡いだ。

それだけで、きゅんとして、下腹部が疼《うず》く。

顔や髪や首筋やいろんなところにキスをしながら、貴さんは私の身体をなでた。

そのうち、裾《すそ》をまくり上げられ、直に肌に触れられる。

自分自身でもこんなに身体に触れたことはないくらい、貴さんの手は私の身体の隅々まで優しく愛撫《あいぶ》した。その繊細な手つきが気持ち良くて仕方ない。

（こんな感覚、知らなかった……）

バンザイをさせられて部屋着を脱がされると、濡《ぬ》れて貼りついているショーツ一枚になった。それさえもすぐに取り払われて、真っ裸にされてしまう。

恥ずかしくて胸や秘部を隠そうとしたら、腕を掴《つか》まれ、手のひらに唇を押し当てられた。

「綺麗だから隠さないでくれ」

流し目で見る貴さんからぶわっと色香が漂う。

貴さんの美しい唇に触れられると、ジンと甘い痺《しび》れが走った。

指を絡めて抵抗できなくして、貴さんは私の胸に吸いついた。

「あっ……んぅ……」

乳首を口に含まれ、舌で転がされると、得も言われぬ快感が広がる。

チュッと吸って、反対側の乳首も食《は》まれる。

貴さんの綺麗な顔がそんなことをしているのが、とても卑猥で全身が熱くなる。

私の手を放した貴さんは腰のラインを辿《たど》り、内ももをなでる。

「あんっ！」

長い指先が秘部の割れ目に沿って、擦り上げた。

指が敏感な尖《とが》りをかすめて、ビクンと腰が跳ねる。

貴さんは漏れ出る愛液をその尖《とが》りに塗りたくるように、くるくる指を動かした。

「あ、や……、ああんっ……」

そうされるとムズムズして、私は身体をくねらせた。

そんな私を貴さんが口角を上げて見ている。

彼の指が水音を立てていて、恥ずかしくてたまらない。

指を動かしながら、貴さんは乳首をちろちろと舌を出して舐《な》めた。

一緒にそんなことをされると腰が浮く。

身体の中に熱がどんどん溜まっていき、両方の尖《とが》りを摘《つ》まれた時、弾《はじ》けた。

「あああッ」

背中を電流が走り、足の指が丸まる。

ドクドクドクと心臓が早鐘を打って、脱力した。

（これが絶頂というものなの？）

私がぐったりしているうちに、貴さんは服をすべて脱いだ。

引き締まった身体にほどよく筋肉がついていて、貴さんは顔だけじゃなく身体まで美しい。

その均整のとれた身体の真ん中に雄々しくそそり勃《た》つものがあって、ボッと頬が燃えた。

貴さんは額にキスすると、私の中に指をゆっくり挿《い》れた。

初めての感覚に息を呑む。

（貴さんの指が私の中にあるなんて……！）

彼の指はなにかを探るように動いて、ビクッと私が反応したところを繰り返し叩いた。

「あ、やっ、あぁ、それ、ダメ！」

先ほどよりも鈍いけど、脳が痺《しび》れるような快楽を与えられて、私はイヤイヤするように頭を左右に振った。

なのに、貴さんは「あかりはここが好きなんだな」と笑んで、指を増やしてさらにそこを攻めた。

「ああんっ」

擦られたり広げられたりして、快感が蓄積していく。それに流されないように、シーツをギュッと握《にぎ》りしめた。

頭がおかしくなっちゃいそうで、ちょっと怖い。

貴さんは右手の愛撫《あいぶ》をやめないまま、左手で私の手を握《にぎ》り、なだめるようにこめかみに口づける。

「貴さん……」

蕩《とろ》けた頭で名前を呼ぶと、クッと喉奥を鳴らした貴さんが噛みつくようなキスをしてきた。

息をつく暇もなく貪《むさぼ》られる。

(熱い……！　こんな貴さん、知らない……)

下唇を食《は》まれ、また舌が入ってきた。

指を出し入れするのに合わせて強弱をつけて舌を絡められると、自分の中が彼でいっぱいに満たされている気がする。

気持ち良さがさらに高まったところで、親指で愛芽をぐりぐりと潰されて、頭が真っ白になって背を反らした。

「ん、んんん〜〜〜ッ」

自分が彼の指を締めつけて達したのがわかった。

貴さんが口を離して、髪の毛をなでてくれる。

息を乱して、パタンと背中をベッドにつける。熱くなった身体にシーツの冷たさが心地よかった。

指を抜いた貴さんは、枕もとに手を伸ばしてなにかを取った。

ぼんやり見ていると、小さなパッケージを破き、自分のものにゴムをつけた。そして、力が抜けた私の脚を持ち、身体に押しつけるように折りたたんだ。

お尻が浮いて、とても恥ずかしい格好になる。

「あ、貴さ……あぁっ！　あんっ……」

口を開いたところで、熱く硬いものが私の秘部を擦り、声をあげた。

猛ったもので、こぼれ落ちていた愛液を塗りつけられると、その気持ち良さに喘《あえ》ぐ声が止まらなかった。

二度達して敏感になっていた私はすぐに高められてしまう。

そこへ彼のものが入ってくる。

「んっ……」

それと同時に貴さんが身をかがめ、キスで唇を塞《ふさ》ぐ。

すごい質量のものが私の中を満たしていく。

音がしそうなほど押し開かれて、激しい痛みを感じる。

「んんっ、ん〜、ん〜〜っ」

苦しくてシーツを握《にぎ》りしめ、声にならない声をあげた。

貴さんがグイッと腰を押し込むと、秘部がぴたりと重なった。

私の口を解放した貴さんは満足げに微笑《ほほえ》んだ。

(貴さんが私の中にいる！)

それは不思議な感覚で、同時に、自分のすべてをさらけ出すような行為はとても恥ずかしかった。

(こんなこと、好きな人とじゃないとできないよ……)

私は熱くなった顔を両手で覆《おお》った。

あの時『君が欲しい』と言われて、うなずいてしまった理由は単純だった。

ただ、好きだから。

好きな人と繋がれて、心も身体も喜んでいた。

(どうしよう？　誰とも恋愛する気はなかったのに、貴さんを好きになっちゃった……)

両手をそっと退けて、貴さんが私の顔を覗き込んでくる。

艶めいたまなざしで、頬をなでられた。

「ずっとこうしたくてたまらなかった……」

貴さんが小さくつぶやいた。

(ずっとっていつから？)

彼がそんなふうに思っているなんて、全然知らなかった。

驚いて見返すと、やわらかく微笑《ほほえ》まれた。その笑みに心を掴《つか》まれる。

好きと自覚すると、彼のすべてが特別に思えて、ときめきが止まらなかった。

キュッと中が締まるのがわかった。

「あまり締めるな。我慢できなくなる……」

かすれた声で貴さんがささやき、私の首筋に顔をうずめる。舐《な》め上げられて、また彼を締めつけた。

身体を跳ねさせた貴さんは、ゆっくりと腰を動かし始めた。

くちゃくちゃくちゃ……

貴さんが私の膝裏を持って、小刻みに腰を動かすと、淫靡《いんび》な水音がした。

最初は痛かった私の中も、だんだん快感を拾い出して、彼のもので擦られるところが気持ち良くなってきた。

上気した顔で私を見下ろす貴さんの色気が半端なくて、身体がまたきゅんとなる。

その瞬間に彼が眉をひそめた。

(なにか私、変だった?)

心配になって貴さんの目を見ると、彼はふっと苦笑して言った。

「あかりの中は気持ち良すぎる。もう少し激しくしていいか?」

「は、はい……」

(貴さんも気持ちいいんだ……)

頬を緩ませると、キスされた。

そして、屹立《きつりつ》をギリギリまで引き抜かれ、ズンと中に突き入れられた。

「あんッ、あっ、あっ、あ……」

大きなストロークを繰り返され、先ほどまでと違った快楽が生まれる。

(奥を突かれるのが気持ちいい)

私の表情を見て、貴さんは動きを激しくしていった。

揺さぶられて、胸が揺れるが、それさえも快感を増幅させる。頭がぼーっとして、目の前がちかちかしてくる。

「ごめん、イク……!」

貴さんが猛烈に突き上げてふいに動きを止める。私も彼を締め上げて、達した。

私の脚を下ろした貴さんは、荒い息のまま私をギュッと抱きしめて、キスをした。

私もそれに応えて、彼の背中に手を回す。幸せな気持ちがあふれた。

もう一度、キスをして、貴さんは私の中から出た。

ゴムを取ると、ティッシュで私の脚の間を拭《ふ》いてくれようとする。

「自分でやります!」

私は慌ててティッシュを奪って、自分で拭《ふ》いた。白い紙に赤い血がついて、今さらながら処女をあげてしまったことを実感する。

貴さんが帰ってくるまで、まさかこんな展開になるとは思ってなかった。

後悔はしてないけど、覚悟もできてなかった。

(私たちの関係はこれからどうなるんだろう?)


貴さんのことが好きだと自覚したけど、彼がここにいるのは限られた時間だけ。

(これまでのように、ただの仕事相手、ただの同居人に戻るしかない、よね?)

考え込む私を抱き寄せて、貴さんが唇を寄せてくる。その甘いしぐさに胸がときめく。

「あかり、僕は君が欲しい。君がいいんだ」

先ほどと同じことを言われ、今、私を全部あげたばかりなのに、と不思議に思う。

でも、それを問う前に貴さんはスーッと眠りに落ちた。

私も慣れない経験に疲れて、すぐ意識を失った。


翌朝目を覚ますと、貴さんの整った顔が目の前にあった。

(夢じゃなかったんだ……)

私たちは裸で抱き合って寝ていた。つい昨夜のことを思い出してしまい、全身が熱くなる。

彼の寝顔が愛しい。そう思って見つめていると、貴さんの長いまつ毛が震《ふる》えて、ゆっくりと目が開いた。

ぼんやりとした目が私を見た。彼はそのまま視線を落とし、私の素肌を見て、目を見開く。

ガバッと起き上がった貴さんは、シーツについた血を見て青ざめた。

「嘘だろ……？」

額に手を当て、茫然とした彼は、次の瞬間頭を下げた。

「あかり、すまない！　僕は最低だ！　酔ってあかりの処女を奪ってしまうなんて！」

これからどうなるんだろうとは思っていたけど、まさか謝られるとは思っていなかった私は唖然《あぜん》とした。

ただ彼のつむじを見つめるだけで、声も出ない。

（昨日のは、酔った勢いだったの？）

そういえば、貴さんは『君が欲しい』とか『かわいい』と言うだけで、『好きだ』なんていう言葉は口にしなかった。

なんの気持ちもなかったのであれば、当然だ。それに気づいてしまい、ショックを受ける。胃の辺りがきゅうっと苦しくなる。

「身体は大丈夫か？　痛かっただろ？　こんなつもりじゃなかったんだ。本当に申し訳ない。謝って済む問題じゃないが……」

貴さんはうろたえながらも私の身体を気づかい、真摯《しんし》な瞳でなおも謝ってくる。気持ちのない行為で、本当にお酒で理性が飛んだだけだったのだと思い、私はいたたまれなくなった。

「大丈夫ですよ。気にしないでください」

「気にするに決まっているだろ！」

「別に、大事にしていたわけじゃないですから。相手がいなかったというか、相手を作るつもりがなかっただけで。今もその気はありませんから、責任とかを感じる必要はないんですよ？」

私はあえて明るく言いながら、床に落ちていた下着や服を拾い上げた。

「その気はない？」

貴さんは驚いた表情で、私の言葉を繰り返した。

「そうです。前も言いましたが、私は恋人を作る気はないんです。だから、ただの好奇心です」

「好奇心……」

「はい。好奇心が満たされました。それじゃあ！」

にっこりと笑みを作ってみせた私は、服で身体を隠し、そのまま貴さんの部屋から逃げ出した。

「あかり！」

後ろから呼ぶ声が聞こえたけど、無視して自分の部屋に帰り、鍵をかけた。

もそもそと服を着ながら、むなしさに襲われる。

ツンと鼻の奥が痛くなったけど、目を固くつぶって涙をこらえた。

（私は恋愛はしない！　そう決めていたはずだったじゃない！　だから、貴さんにその気がなくて良かったわ）

そう思おうとするのに、胸が痛んで仕方ない。

身体にはまだ貴さんを受け入れた感覚が残っている。彼の熱いキスも甘い表情もまだ鮮明なのに、それは睦事のたわむれで、特に意味はなかった。

（バカみたい。やっぱり緒方先輩の言う通り、若い男女が同居なんてするべきじゃなかったん

だわ）

酔っ払いのただの間違い。

自分が酔って、貴さんをベッドに連れ込んじゃったのと変わらない。

彼が『ずっとこうしたくてたまらなかった』と言ったのは、私のせいかもしれない。誘っていると誤解されても仕方ない。私が悪かったんだ。

割り切ろうと、必死であれこれ考える。でも、なかなか成功しなくて、床に座って膝を抱えた。

（初めて好きだと思ったのに、もう失恋しちゃった……）


――ガラガラ。

膝に顔をうずめて沈んでいた意識が、格子戸の開く音で浮上する。

「ただいま。佐々木、いないのか？」

「貴さんは？」

「さぁ？　部屋じゃないですかね」

緒方先輩の声が聞こえた。そして、聞き覚えのない若い女の人の声も。親しげに『貴さん』と呼ぶ声に、胸がチクリと痛む。

私は手早く着がえて身だしなみを整えると、居間に出ていった。

そこには、ロングの髪を綺麗に巻いた、華やかな美女が座っていた。

瞬《まばた》きのたびにバシバシ音がしそうな長いまつ毛。肉厚のぷるぷるした唇の脇にはほくろがあって、とても色っぽい。紺のカシュクールのワンピースの襟《えり》もとからは胸の谷間が見えていた。

あらと視線を上げた彼女は、すっぴんの私をしげしげと見て、笑った。

「こんにちは。あなたが佐々木あかりさんね」

「はい……」

フルネームで呼ばれて、びっくりする。

そこに、お茶を淹《い》れた緒方先輩が来た。

「なんだ、佐々木。やっぱり帰ってたのか」

「はい、昨夜から。ところで、この方は？」

「あぁ、玄関で一緒になったんだ。貴さんに会いに来たんだとさ」

（貴さんに？）

事情がわからず首を傾げると、にっこり笑った彼女が名刺を出して、自己紹介をした。

「失礼しました。私は國見コーポレーション社長秘書の来生玲香《きすぎれいか》です。貴さんがお世話になっています。婚約者としてお礼を言いますわ」

「婚約者⁉」

先輩も私も揃って聞き返した。

「はい。そうです」

「婚約者までいるとは、さすが御曹司は違うな」

緒方先輩は妙にうれしそうに言う。私はあまりの衝撃に口もきけなかった。

（貴さんは婚約者がいるのに、私を抱いたんだ……）

　酔った勢いで私を抱いてしまったというのはまだ仕方ないと思えた。でも、婚約者がいるというなら話は別だ。倫理的に許せない。母と同じ過ちを犯したくなかったのに。

　貴さんがそんな人だったなんて。やっぱり男の人は信用してはいけないんだ、とやるせなくなった。

「それで、貴さんはここに戻っているんですよね？」

「はい。部屋にいらっしゃると思います」

「どちらの部屋なんですか？」

　来生さんと会話していると、貴さんの部屋の扉が開いた。

「貴さん！」

　語尾にハートマークがついていそうな甘い声で、来生さんが貴さんを呼んだ。その華やいだ様子に、同性としての差を感じる。

「玲香さん？　どうしてここに？」

　彼女に気づいた貴さんは目を見開いた。

　彼女のことも下の名前で呼んでいるのね。

　婚約者なんだから当たり前のことだけど、胸に突き刺さる。

「社長が貴さんの様子を見てこいって。昨日、ずいぶん荒れていたそうじゃない？　ついでに、このプロジェクトの様子も確認してくるようにとおっしゃって」

来生さんが昨夜のことに言及すると、貴さんは肩を跳ねさせて、後ろめたそうに私を見た。

(荒れてヤケになっていたのね……)

心配しなくても来生さんにバラしたりしないと、私は無言で首を振った。それなのに、口止めしたいのか、貴さんはなにか言いたげにじっと私を見つめる。

「それでね、貴さん……」

来生さんが彼の腕に手をかけて、耳打ちした。

親しげな様子を見ているのがつらくて、私は目を逸《そ》らした。

そのあと、リゾート開発の調査状況を確かめると言って、来生さんは貴さんを連れ出した。日帰りだから、時間があまりないらしい。

それなら、先輩や私も同行しようかと言ったけど、貴さんの率直な意見を聞きたいからと断られた。来生さんは乗ってきたレンタカーを運転して、彼と二人で出かけていった。


「佐々木、なにかあったのか?」

貴さんたちが出かけて、ぼんやりしていると、緒方先輩が尋ねてきた。

顔に出てしまっていたかと、表情を取りつくろって聞き返す。

「なにかって、なんですか?」

「いつも能天気な顔をしてるのに、なんか落ち込んでるだろ?　来生さんのせいか?」

「能天気って失礼な!　違いますよ。なんでそこで来生さんが出てくるんですか!」

口を尖《とが》らせてみせるけど、先輩はごまかされてくれなかった。しつこく追及してくる。

「婚約者がいて、ショックか？」

「私には関係ありませんし」

「……あいつが好きなんだろ？」

「違います！」

ズケズケと聞いてくる先輩を睨《にら》みつける。

もう本当にデリカシーがなくて、嫌になる。そして、指摘された通りなのも腹が立つ。

「好きになったって、あいつとは住む世界が違うだろ？」

「だから違うって……！」

「俺だったらそばにいるぞ？」

イラついて叫んだ私の顔を緒方先輩が両手で包んで、覗き込んできた。

鋭い目が心配そうにすがめられる。

驚きに目を見開くと、先輩は親指で私の頬をなでて、すぐに放した。

思いがけない優しい手つきにドキリとする。

「悩み相談なら、寛大な俺が受けてやるっていうこと！」

いつものふてぶてしい態度に戻った先輩にほっとして、私もいつものように返した。

「余計なお世話です！」

ふふんと鼻で笑いながらも、頭をなでてくる先輩は本当におせっかいだ。

緒方先輩と話すといつも言い合いになるけど、今日はなんだか元気になった。この勢いで掃除や洗濯をすることにした。

特に、貴さんの部屋のシーツは替えたかった。

普段は勝手に部屋に入ることはしないのだけど、今日はこっそり血のついたシーツを剥《は》がすと、新しいものと取り替えた。


貴さんから外で食べてくると連絡が入ったので、その日の夕食は私が作って、緒方先輩と食べた。先輩はなんの変哲もない肉じゃがをうまいうまいと言って、あっという間に平らげた。正直、貴さんが作ってくれたもののほうがおいしいけど。

「コーヒー飲むか？」

「いただきます」

夕食を作ってくれたからと、先輩が皿洗いを引き受け、コーヒーまで淹《い》れてくれた。

食事中もコーヒーを飲みながらも、緒方先輩はとにかくにぎやかだった。私を気づかってか、営業先での小ネタや助っ人で参加した草野球の話をおもしろおかしくしてくれた。気づまりな沈黙ができないのがすごい。

(先輩とこんなに穏やかに過ごしたのは初めてかも)

帰ってこない貴さんのことを考え込む暇もなくて、助かった。

「ただいま」

貴さんが帰ってきたのは、そんな時だった。

緒方先輩の話に笑っていたら、貴さんが居間に入ってきた。

「おかえり」

「おかえりなさい」

状況を忘れて素で笑いかけると、貴さんがじっと私を見た。とたんに昨夜のことを思い出して赤くなりかけ、慌てて目を逸《そ》らす。彼を受け入れた下半身が疼《うず》いてしまって、つらくなった。

(……忘れよう)

そう思った瞬間に、貴さんに呼ばれた。

「あかり」

彼に名前を呼ばれる、それだけで胸がギュンとする。

でも、貴さんの口から言い訳など聞きたくなくて、彼が口を開く前に自分から話題を振った。

「来生さんは帰られたんですか？」

「あぁ。ここのいいところを僕なりに最大限伝えたつもりだ」

「いいところを？」

そういえば、来生さんは現地調査の確認で貴さんを連れ出したんだった。二人の関係が気になるあまり、そんな大事なことが頭から抜けてしまっていて、自分を恥ずかしく思った。でも、いいところを伝えたってことは、貴さんは開発に賛成してくれているってことだ。

(最初は反対みたいだったのに……)

彼をまじまじと見つめる。

「それなら、うちの会社の未来は明るいってわけだ」

「明るいかどうかはわからないが」

茶化すような緒方先輩の言葉に、貴さんは律儀に答えた。

「でも、貴さんは賛成してくれるってことですよね？　ありがとうございます！」

「ここはもっとみんなに知られるべきだ。それに確実にリピーターがつくと思っただけだ」

良さをわかってくれたことに感激して、お礼を言うと、これにも生真面目に答えてくれる。それがとても貴さんらしくて、笑ってしまう。

「それで、あかり。昨日の……」

貴さんが話を蒸し返そうとするので、私は慌てて立ち上がった。

「私、お風呂の準備をしてきますね」

「あかり」

なおも引き止めようとする貴さんに、緒方先輩が声をかけた。

「俺、明日早いから、風呂入って早めに寝るわ」

「わ、私もなんです。だから、早くお風呂を沸かさないと！」

「そうか」

私の不自然な態度に気を使ってくれたらしい先輩の言葉に合わせると、貴さんはうなずいた。

今度こそ、私はお風呂場に逃げていった。

そして、お風呂が沸くと、先に入らせてもらってすぐ部屋に引っ込んだ。

○●○

それから、私は貴さんを避け続けた。

視察に出かける時は二人きりになってしまったが、「仕事中にプライベートの話をしないでもらえますか？」と言うと、真面目な彼はわかったとうなずいた。

家にいる間は、部屋に閉じこもるか緒方先輩と一緒にいるようにして、貴さんに話しかける隙を与えなかった。

なにか言いたげな彼の視線を絶えず感じていた。けど、なにを言われても許す気になれないだろうから、聞く意味なんてない。

「なあ、なにがあったかは知らないが、いい加減、話を聞いてやったらどうだ？　貴さん、捨て犬のような目でお前を見てるぞ？」

金曜日の夜。貴さんがお風呂に行って緒方先輩と二人になった時、うんざりしたように言われた。

明らかに様子がおかしい私たちを見て、先輩はうすうす気づいているようだった。

「捨て犬って、そんなわけ……」

「いや、マジで。俺、耐えきれなくなってきた」

情に厚い先輩はそのまなざしが気になって、放っておけなくなったらしい。

貴さんと緒方先輩はまったく違うタイプだけど、意外と話は合うようで結構仲良くなっていた。男の友情というやつなのかな。

そういえば先輩は捨て犬をよく拾う。前に、飼い主が見つかるまで会社に子犬がいたことを思い出した。

クールな美形の彼にうるんだ目で見つめられると、どうにもたまらなくなる気持ちはわかる。貴さんを捨て犬と称するのも言い得て妙だ。貴さんはワンコ系の表情をすることがあるから。

でも、今回はそんなはずはない。

「遊ばれて捨てられるのは私のほうだって、先輩も言っていたじゃないですか」

実際、遊ばれたんだけどねと、私は苦笑する。

「会う前は言ったが、貴さんはそんなタイプじゃないだろ?」

「……そう、ですよね……?」

先輩に言われて、それもそうだと思う。

(貴さんは私を弄《もてあそ》ぶつもりはなくて、ただお酒のせいで理性が緩んじゃっただけなのかも。だって、あんなに綺麗な婚約者がいるんだから……)

でも、『ずっとこうしたかった』とコンドームを用意していたのだから、そうでもないのかもと思い直す。

(やっぱり計画的? それとも来生さん用?)

だけどどちらにしても、私に気持ちがないことに変わりはなく、胸が苦しくなった。

「でも、人は見かけによらないと言いますし……」

私がつぶやくと、ぎょっとした顔で緒方先輩が肩を掴《つか》み、顔を近づけてきた。力が強くて、肩が痛い。

「お前……」

「ちょっと先輩、痛いです！」

放して、と言いかけた時、ふいに先輩の手が取り払われて、紅茶の香りに包まれた。

いつの間にか貴さんがいて、私を腕に収めていた。

「なんだよ！」

先輩の不機嫌そうな声にハッとして、慌てて貴さんの胸を押す。距離を取ろうとするけど、彼は放してくれなかった。

貴さんは切なげなまなざしで私を見る。その瞳は私にすがるようで、先輩の言う通り、捨て犬のようだった。

そして、意を決したように口を開いた。

「あかり……結婚してくれ」

「えっ？」

「はあ？　結婚？」

思いもよらない言葉に私も先輩も一瞬呆けた。

「な、なに言ってるんですか？　責任を感じなくてもいいんですよ？」

「責任って、お前、やっぱり……」

「ああー、もう、先輩は黙っててください！」

「そうだ。君には関係ない。僕たちのことだ」

「なんだよ。痴話喧嘩か。やってられないな」

先輩はぷいっと自分の部屋に帰ってしまった。残された私はしまったと思った。貴さんと二人きりになりたくなかったのに。

抱きしめられながら、小さく溜め息をついた。


「貴さん、放してください」

「嫌だ。放せば逃げるだろう？」

放された瞬間に自室に逃げ込もうと思っていたので、目を泳がせた。

「……逃げませんよ」

「じゃあ、話を聞いてくれるか？」

明後日の方向を見ている私に視線を合わせて、必死な目で貴さんが言う。

そんな目で見ないでほしい。勘違いしちゃうから。

また溜め息を一つ落として、私はうなずいた。

「わかりました」

「ありがとう」

ほっとした顔で、貴さんは私の身体を放し、座椅子に座らせた。逃亡防止なのか、しっかり手を繋がれた。

貴さんは空いた手で眼鏡を直すと、私を見つめた。

「あかり。改めて言うが、僕と結婚してほしい」

きちんと正座して私の手を取り、まっすぐ目を合わせてくる貴さんに、とくりと鼓動が跳ねる。

「な、なに言っているんですか！　さっきも言いましたが、責任なんて感じる必要はないんですよ？　……合意の上でのことですし。だいたい、貴さんには婚約者がいるじゃないですか！」

「婚約者？」

彼が首を傾げたので、ごまかすつもりかと悲しくなる。

「知っているんです。来生さんが婚約者だって」

「それは違う！」

「だって、来生さんが言っていましたよ？」

つい責めるような口調になる。それでも、貴さんは首を振った。

「本当に違うんだ！　確かに親族会議のあと、父から足場を固めるために来生専務の娘と結婚するように言われた。でも、僕はきっぱり断ってきたんだ。結婚するなら、あかりがいいから」

「えっ？」

貴さんの言葉を信じるなら、婚約者というのは来生さんが主張していただけってこと？

それに、酔って処女を奪ってしまったから責任を取ろうとしているのかと思ったのに、この口ぶりだとそうではないように聞こえる。

でも、付き合ってもいないのに、どうしてそんな思考になったのか、さっぱりわからない。

私が問うように見上げると、貴さんはまた指で眼鏡のブリッジを押して、答えてくれた。

「これまで、どうせ父にあてがわれた人と結婚するんだろうと思っていた。でも、今回、早く身を固めろと言われて、頭に思い浮かんだのはあかりだった。僕はあかりとしか結婚したくないと思ったんだ」

私の手を握《にぎ》りしめ、貴さんは熱っぽく訴える。その熱が手からも伝わって、身体が熱くなった。

(私としか……？)

それにしても、話の飛躍についていけない。

貴さんみたいなハイスペックな人がなぜ、まだ出会ってちょうど二ヶ月の平凡な私と結婚したいなんて言うのか。

「どうして、ですか？」

いつの間にか、喉がカラカラに渇いていて、ささやくような声しか出なかった。

好きな人に結婚したいと言われて、うれしくないはずがない。だけど、その理由がまだ少しもわかっていなかった。

そこで、はたと気づく。

(わかるわからないかなんて関係なかった！　そもそも私は一人で平和に生きていきたいんだったわ)

今回のことで、その思いは強まっていた。

もうこんなに心を揺さぶられる想いをしたくない。捨てられるかもしれない不安を抱えて生きるのも嫌だ。それなら、最初から一人がいい。

だいたい、御曹司である貴さんと私が釣り合うはずもない。

そう思うのに、貴さんはじっと私を見つめて、私の心を乱す。

「あかりといるとほっとするんだ。あかりの前向きさに元気がもらえるし、一緒にいるだけで穏やかな気持ちになって安眠できる。僕は人と一緒にいて眠れたことなどなかったのに、君の隣だとなぜかすんなり眠れるんだ」

「それは優秀な睡眠薬ってだけじゃないですか」

「そうじゃない！」

握《にぎ》る手に力を込めて、貴さんは否定した。そして、ふっと目を逸《そ》らすとポツリと言った。

「君がそばにいてくれると安心する。でも同時に、君が欲しくて欲しくてたまらなくなった……」

頬をかすかに赤らめながら、目を伏せる貴さんは、可憐な乙女のようだった。一途に迫られて、心が浮き立つ自分も確かにいた。でもやっぱり、素直にその言葉を信じることはできなかった。

(やっぱり私が酔ってベッドに連れ込んじゃったのがきっかけだったんだ)

精神安定剤と性欲のために求められているようなものだと自分に言い聞かせると、思った以上に気分が落ち込んだ。

「だから、酔った勢いでしちゃったんですね」

「違う！　あかりは僕が酔った勢いで君を抱いたと思っているのか？」

「だって、翌朝に謝っていたし、お酒の失敗ってことじゃないんですか？」

「全然違う！」

貴さんはハァと溜め息をついて、眼鏡のブリッジを押し上げた。そして、私を流し目で見る。

そのしぐさがいちいち色っぽい。

「謝ったのは、順番を間違えたからだ」

「順番？」

「あぁ。僕は、ここに帰ってきたら君に想いを伝えようと思っていたんだ。この間、誰とも結婚するつもりはないって言っていたから、その気持ちを変えてもらえるように、時間をかけて説得しようと。なのに……」

貴さんは言葉を切ると、私を抱き寄せた。

「君がうなずいたから……気が急《せ》いて『君が欲しい』と言ってしまった僕に、あかりがうなずいてくれたから、箍《たが》が外れた。我慢しきれなくなったんだ」

頬に手を当て、顔を引き寄せられる。麗《うるわ》しい顔が近づく。私は魅入られたように動けなかった。

「でも、初めてだって知っていたら、酔ってなんかいない時にもっと優しくしたかった……」

ささやく息が顔にかかって、彼の長いまつ毛が伏せられる。ぶわっと体温が上がる。

でも、私は雰囲気に流されまいと、貴さんから目を背けた。

「……それって、ただの性欲ですよね？」

「そんなわけないだろ！」

貴さんの目がまん丸になった。激しくかぶりを振ったあと、詰め寄られる。

「僕は肉体的な関係を望んでいるわけじゃない！　ただ君にそばにいてほしいんだ。一生、僕の隣に……」

その言葉を聞いて、私は貴さんの手を払った。

「一生なんて……信じられません！」

去っていった父の背中が蘇って、胸が苦しくなる。

思い切り貴さんの胸を押して彼から逃げ出すと、私は部屋に戻ろうと立ち上がった。

「あかり！」

手首を掴《つか》まれて、引き戻される。

トンと背中が貴さんの胸板に当たって、背後から抱きしめられた。

「どうして？　僕の気持ちを疑っているのか？　先に手を出してしまったからか？」

貴さんが後ろから覗き込んでくる。私は顔を逸《そ》らして、彼の腕を振りほどいた。

「そういうことじゃありません。私は貴さんとの将来を望んでいないというだけです」

そう言い切ると、まだなにか言いたげな貴さんを置いて、今度こそ部屋に逃げ帰った。

バクバクと心臓が暴れていて、でも、反対に頭は冷えている。

(突然、結婚なんて言われても困るわ。プロポーズの前に言うことがあるでしょ？　……ううん、違うわ！　私はそれを求めているんじゃない！）

母を見ていて、男の人のことで一喜一憂するのは嫌だと思った。

子どもがいるのに母を捨てた父、私を邪険にした母の歴代の彼氏……近藤さんみたいにいい人もいたけど、私は基本、男の人を信用できなかった。

『一生』という言葉のむなしさを知っている。知っていたはずだ。

（それなのに、なんで貴さんに気を許しちゃったんだろう？　三ケ月だけの付き合いだって、思ってたからかな。貴さんもきっと心が弱っていた時に、そばに私がいたから、勘違いしただけ。結婚したいなんて気持ちも一過性のものよ）

そう思うのに、気がつけば頬が濡《ぬ》れていて、私は自分の感情を収めることができなかった。

○●○

翌朝、気まずい思いで居間に行く。すると、すでに緒方先輩が座卓の前であぐらをかいていたので、ほっとした。

「おはようございます」

「おう、おはよう」

派手なラインの入った黒のジャージ姿の先輩はちょっとヤンキーちっくだ。

そこに、綺麗めファッションの貴さんがサラダボールを手にやってくる。とろみのあるネイビーのシャツにアースカラーのチノパン姿の貴さんは相変わらずモデルのよう。

「おはよう、あかり」

「おはようございます。手伝います」

お皿を運ぼうと、台所へ行きかけると腕を掴《つか》まれた。

「あかり、食後に話がしたい」

「昨日話しましたよね？」

「まだ終わってない」

「私のほうは終わりました」

そっと腕をほどき、台所に行く。そのあとをついてきて、お皿を手に取りながら、貴さんが言葉を継ぐ。

「僕は納得してない」

そんなやり取りを見て、あきれたように緒方先輩が言った。

「お前ら、まだやってたのか。俺は出かけるから、ごゆっくり」

てっきり緒方先輩も一緒に朝食をとるんだと思っていたのに、一足先に済ませたようだ。さっと立ち上がり、手を挙げる。

「先輩！」

思わずすがるように呼びかけると、ツンと額をつつかれて「ちゃんと話し合え」と言われた。途方に暮れて「でも……」と見上げると、後ろから伸びてきた手によって先輩から引き離された。

貴さんの胸にすぽんと収められ、お腹に手が回る。

「ちょ、ちょっと、貴さん！」

顔を赤くした私をちらっと見て、緒方先輩は「じゃあな」と行ってしまった。

「ま、まずはご飯を食べましょう！」

彼の腕から逃れて、お皿を運ぶ。

うなずいた貴さんは、食事しながら話すつもりはないようで、私たちは無言のまま、朝食をとった。

ときおり見られているのに気づいて、慌てて視線を逸《そ》らす。いつものおいしいはずの卵焼きも、ほとんど味がしなかった。

食後、お皿を片づけると、貴さんは再び私を腕で囲った。急に距離を縮めてこられて、心のざわめきが止められない。

こんな状態じゃ、ちゃんと話せる気がしない。

「た、貴さん、逃げませんから、離れて」

両手で彼の胸を押すと、彫刻《ちょうこく》のような整った顔が私を見下ろす。

一拍おいて、腕が離された。

貴さんは眼鏡のブリッジを押さえて、小首を傾げる。表情の乏《とぼ》しい顔でもずいぶん感情が読み取れるようになった。

今は不満そう。

「あかり。一度は僕を受け入れてくれたんじゃないのか？」

静かに問われ、返事に詰まる。

確かに、あの瞬間は身も心も貴さんを受け入れた。でも……

「あれは……流された、だけです」

「流された……？」

目を見張ったあと、彼は長いまつ毛を伏せた。落ち込んだ様子に、心がチクンと痛む。

「……君は、僕に同情してくれた、だけなのか？　それとも、僕が強引に迫ったから？」

「違います！」

思わず否定すると、じっと見られた。

色素が薄くて少し青みがかった貴さんの瞳は綺麗だ。

その目に見つめられると、息が苦しくなり胸が締めつけられる。

「違うって、どっちが？」

まっすぐな視線で答えを迫られ、私は黙り込んだ。

どっちも違うと言ったなら、じゃあなぜ、と聞かれるだろう。

視線を落とした私の頬に、貴さんが手を伸ばしてきた。頬をするりとなで、顔を上げさせられる。

「なにに、流されたんだ？」

貴さんが問いを重ねる。顔が近づき、彼の瞳に魅入られた。

(貴さんが好き、という感情に……流された)

じっと見つめ合っていると、そのまま、唇が合わさった。触れるだけのキスだったのに、身体にポッと火が点く。

「……キスもセックスも許してくれるのに、心は許してくれないのか？」

その言葉にハッと我に返った私は、顔を背ける。

「私は恋も愛も信じてないんです！」

「なぜ？　教えてくれ、あかり」

貴さんの手によって、また強引に彼のほうを向かされる。

答えを乞うようなまなざしを向けられ、首を振った。

「私自身の問題なので、貴さんは関係ないです」

「関係なくなんかない！　僕を君から締め出さないでくれ、あかり」

ひたむきに見つめられて、心が苦しくなる。

理由を言うまで一歩も退かないという貴さんの様子に、私はとうとう口を開いた。

「……私、捨てられるのが怖いんです」

「捨てる？　そんなこと、僕がするとでも……」

「貴さんがどうということじゃないんです」

「どういうことなんだ？」

即座に反応した彼に、目を伏せる。

貴さんは私の手を握《にぎ》ると、私が話し出すまで黙って待ってくれた。

しばらく気持ちを落ち着けてから、私は再びぽつりと言った。

「私は婚外子なんです」

貴さんは特に反応を見せず、静かにうなずいた。

それで？　というように目で先を促す。その反応にほっと息を吐く。

大丈夫だとは思っていたけど、急に態度を変える人じゃなくて、安堵した。

それに勇気を得て、話を続けた。

「私が四つの時に、父の本当の奥さんに待望の子どもが生まれました。父はすぐに手切れ金を置いて、母と別れました。私たちは捨てられたんです」

父の記憶はほとんどないけど、抱っこしてもらったことと、最後に冷たい顔で見下ろされ、背を向けられたことだけ覚えている。

愛してくれていると思っていた人の急変を、幼心にも感じたのだ。

ショックだった。

わけもわからず、『おとうさん！　おとうさん！』と呼びかけたけど、その人は振り向きもせずに行ってしまった。

その光景をよく夢に見るから、現実だったのか、あとから頭の中で作った私の想像なのか、今ではよくわからない。

母はしばらく泣き暮らし、私は幼心に理由を聞いたらいけないと思っていた。

だから、事情を聞いたのはずいぶんあとになってからだった。

「……つらい思いをしたな」

抱き寄せられ、髪をなでられる。

優しくされると、どうしても胸がときめく。好きな気持ちが膨《ふく》れ上がる。

(無理なのに)

顎《あご》に手を添えられて、上を向かされた。

私の目を見て、貴さんは落ち着いた口調できっぱり言った。

「そうだとしても、僕は君を捨てたりしない」

真摯《しんし》な瞳に私はうなずいた。

「今、そう思ってくれていることはわかりました。それでも、『一生』という言葉を信じきることはできません」

「なぜ?」

最初は婚約者がいる身で私を抱いたんだと憤ったけど、それは誤解だった。やっぱり貴さんは真面目で誠実な人なのだと思う。

それでも、永続的な関係を信じられるかどうかは話が別だ。

真剣に向き合ってくれているのを感じて、ちゃんと言わなきゃという気になってくる。

「父のことだけじゃないんです」

私は身体を離して、貴さんを見上げた。

「母は恋多き人でした。でも、私がいるせいで、しょっちゅうフラれてもいました。いろんな人とくっついて離れて、苦しんでいる姿をずっと横で見ていたので、恋や愛が当てにならないものだと感じてて。私は誰かに頼らないで一人で生きていきたいんです。心を乱されないように」

だから、こうして貴さんの腕に囲われて、その温かさを心地よいと思っている自分というのも、本当は許せない。

自分に裏切られた気分なのだ。

「恋愛イコール人に頼るということでもないだろう？　僕はあかりと対等な関係を築きたいと思う」

貴さんが本気でそう思ってくれていることはひしひしと感じた。こんなに真摯《しんし》な人はいない、うなずいてしまえとささやく自分がいたけど、それでも私は首を横に振った。

「貴さんとは対等になり得ませんよ」

「どうしてだ？」

驚いたように問われ、自明のことなのにと苦い笑みを漏らす。

それを思いつかないのは、貴さんに偏見がないからかもしれない。

「だって、國見コーポレーションの御曹司と庶民の……まして婚外子の私が釣り合うはずがありません」

「生まれなんて、その人の価値とは関係ないだろう」

「関係なくても、そういう目で見られるのは事実です」

「でも、それなら、僕はどうすればいい？　國見家と縁を切ったらいいのか？」

切ないまなざしで私を見る貴さんに、罪悪感を覚える。自分ではどうしようもない生まれのことを言うのは卑怯だった。

私がさんざん経験してきたことなのに。

「ごめんなさい。そんなことをしてほしいと思っていません。ただ、そういう煩《わずら》わしさを含めて、私は恋愛も結婚もしたくないんです。余計なことで感情を揺らすことなく、心穏やかに生きていきたいんです」

「それは、僕が君を守ると言っても、ダメなんだろうな？」

うなずく私に、貴さんは深い溜め息をついた。

「……それでも僕はあかりをあきらめられない」

「東京に戻ったら、すぐ忘れますよ。きっと、心が弱っていた時に身近にいたから、その気になっただけでしょう」

非日常な空間で二ヶ月べったり一緒にいて、虫という弱みも握《にぎ》られて、私という存在が気になるようになってしまっただけ。

（今の感情も一過性のものだわ）

ここでどれだけ楽しい思い出を作っても、本来いるべきところに帰ればすぐに忘れてしまうだろう。父のように。

そう思ったのに、貴さんがむっとして言った。

「僕の感情を勝手に決めつけるな！　こんなにも欲しいと思ったのはあかりだけだ！　ここは息が

しやすい。でも、それは君がいるからだ。僕はもう君なしの生活は考えられないんだ」

その声に表情に、心が揺れる。どちらにも『切望』という気持ちがにじんでいたから。

ほら、だから嫌なんだ。こんなにも恋に振り回されてしまう。理性では無理だと思うのに、そんな顔をされると、手を伸ばしたくなる。

貴さんとの未来はないに決まっているのに。

「ごめんなさい。あきらめてください」

想いを振り切るように目を伏せた。話は終わりだと立ち上がる。手首を掴《つか》まれ、引き止められた。

「あきらめない。僕はあかりを口説くよ。僕を信じて、外野も気にならないくらい好きになってもらえるように」

貴さんは掴《つか》んだ手の甲に口づけて、そのまま、上目づかいに私を見た。

狙《ねら》いを定めたというような瞳に背筋がゾクッとする。

「そんなの無理です！」

手を引き抜いて、私は部屋に逃げ帰った。


気まずいから出かけてしまいたかったけど、緒方先輩も出かけてしまったので、ここに貴さん一人を残していくわけにはいかない。虫が出た時に対処できないから。

(そもそも、そのために私はここにいるんだもんね)

仕方ないから読書をしてみるけど、全然話の内容が頭に入ってこない。気がつくと、貴さんのことばかり考えている。

結婚なんて考えたこともなかったのに、突然、しかも、初めて好きと自覚した人からプロポーズされて私は揺れていた。

でも、考えれば考えるほど、貴さんとの間には障害しかなくて、溜め息をつく。

(あー、だから、私は貴さんと結婚したいわけじゃなくて！)

いつの間にか彼との結婚を考えている自分に気づき、誰に対してか、言い訳をするように否定する。

それに、そもそも貴さんのご両親が私との結婚を許さないだろう。

結婚するつもりはないから、障害を乗り越える覚悟もあるはずがない。彼の隣にいることはできない。

そう自分を納得させようとしていた時、遠くから悲鳴が聞こえた。

貴さんだ。

(また、虫が出たかな？)

居間に行くと、台所で固まっている貴さんが見えた。

そばに寄ると、貴さんがほっとした顔で、私の腕を掴《つか》んだ。

「クモですね」

うなずきかけた貴さんは、ハッとして私を見た。

「こういう不甲斐ないところがあるから僕を信じられないのか？　それなら、克服できるよう頑張る」

眼鏡のブリッジを押して気合いを入れた貴さんは、ロボットのようなぎこちない動きで前に踏み出した。

「違いますよ！　無理しなくていいですから」

「無理ぐらいするさ。こうして一つ一つ信頼されるようになっていけば……」

真剣な目でクモを睨《にら》みつけ、じりじりと寄っていく貴さんがおかしくて愛おしくて、笑みがこぼれた。

さっと紙を取ると、クモをすくい上げ、窓から外に出した。

「……僕がやろうと思っていたのに」

貴さんが肩を落として不満げにつぶやくから、なだめるように答えた。

「クモとは関係ありませんから。それに、貴さんが信じられないのでもありません」

「そうか」

彼はふぅと溜め息をついた。そして気を取り直したように言った。

「午後に買い物に行きたいんだが、車を貸してくれないか？」

「いいですよ。キーを持ってきますね。私は今日は使いませんので、ご自由に」

「ありがとう」

貴さんは午後遅めの時間に出かけていった。

古民家に一人になり、掃除や洗濯をして、あとはテレビを見て、だらだらと過ごした。

夕方になって、貴さんより先に緒方先輩が帰ってきた。

「ただいま」

「おかえりなさい」

居間にいた私を見て、先輩は意外そうに眉を上げた。

「佐々木一人なのか？」

「はい、貴さんは出かけています」

「ちゃんと話したのか？」

「……余計なお世話です」

わざわざ聞かれて、今朝私を置いてさっさと出かけたことを思い出し、口を尖《とが》らせる。

「なんだ、まだ決着がついてないのか？」

「私の考えは決まっていますが、納得してくれなくて」

そう言うと、あきれたように鼻を鳴らされた。

自分の部屋に行きかけていた先輩はふと立ち止まって、観察するように私を見る。

その顔は知らない男の人のようで、なぜかドキリとした。

「……ってことは、プロポーズは断るつもりか？　来生さんは婚約者じゃなかったんだろ？」

事情を知っているようで、緒方先輩がさらに突っ込んできた。

私はゆるくかぶりを振る。

「婚約者じゃないとしても、貴さんとは住む世界が違うって、先輩も言っていたじゃないですか。私もそう思います」

「そうは言ったが、好きなら……いや、違う！　なんで応援しようとしてるんだ、俺は」

緒方先輩がうつむき加減でブツブツつぶやいた。そのあと急に顔を上げて、私の腕を掴《つか》む。

「あんないい男なのに本当に結婚する気はないのか？」

「はい。私は誰とも結婚するつもりがないんです」

「誰とも？」

「……僕はあきらめてない」

突然、先輩との会話に割り込んでくる声があった。

いつの間にか帰ってきていた貴さんだった。

彼が片手で私を抱き寄せたので、そのはずみで緒方先輩の手が私の腕から外れる。

貴さんと向かい合わせになると、目の前に花束が現れた。

「あかりにお土産だ」

ふわっといい香りが漂う。

淡いピンクを基調としたバラやラナンキュラス、チューリップ、スイートピー、桜まで散りばめられた季節先取りの春の花束だった。

「かわいい！」

ぎくしゃくしていたことも忘れて思わず声をあげると、貴さんがうれしそうに笑った。

なんて花束が似合うんだろうと、見惚《みと》れてしまう。

「なんだよ。もう戻ってきたのか」

先輩の不機嫌そうな声にハッと我に返って、花束を貴さんに押し返す。

「誕生日でもないのに、こんなのもらえません」

「じゃあ、誕生日はいつなんだ？」

「……来週ですけど」

「来週のいつだ？」

「水曜日です」

うなずく貴さんに嫌な予感がして、あらかじめ言っておくことにする。

「でも、お気づかいは不要ですから！」

「そういうわけにはいかない。誕生日ぐらい祝わせてくれ。それに口説くと言っただろ？」

(この花束もその一環なのかしら？)

それなら、余計受け取れない。

「こんなことしていただいても、私の気持ちは変わりません」

「そうだとしても、僕の君を求める気持ちも変わらない」

「………」

真摯《しんし》な目でそんなことを言われると、どう返していいか、わからなくなる。

助けを求めようにも、緒方先輩は私たちの押し問答にあきれて部屋に戻ってしまった。

もう本当に役に立たないんだから、と頭の中で八つ当たりをする。

しばらく花束の押しつけ合いをした結果、私が妥協して受け取り、居間に飾ることにした。

○●○

翌朝、食事をしながら世間話をしている時だった。

「あかりは笑顔がかわいい。癒《いや》される」

大真面目な顔をして、貴さんが言った。

「ウッ、ゴホッ、ゴホッ」

めずらしく早起きをした緒方先輩が、お味噌汁にむせて胸を叩いている。

カッと顔が燃えるように熱くなったけど、咳きこんでいる先輩のほうを見てごまかす。

「先輩、大丈夫ですか？」

グラスを渡すと、先輩は片手で私を拝んで水を一気飲みした。

そして、貴さんを睨《にら》みつける。

「あんたなぁ、そういうのは佐々木と二人きりの時にしてくれ」

「わかった。すまない。それでは、なるべく二人きりにしてくれるか？」

「なっ！」

「っ！」

しれっと貴さんが言うから、先輩も私も絶句した。

「な、なに言ってるんですか！」

「ここにいられるのはあと一ヶ月もないから、少しでもあかりを口説く時間を増やしたい」

貴さんは抗議する私に視線を向けてから、緒方先輩のほうを見た。

そのまま、二人は見つめ合った。

急に緊張した雰囲気になるから、私は戸惑って貴さんと先輩を交互に見た。

いつまでも続きそうに思われた睨《にら》み合いから先に目を逸《そ》らしたのは、意外にも緒方先輩だった。

先輩はふぅっと溜め息をついて、箸《はし》を持つ。

食事を再開しながら、意味のわからないことをつぶやいた。

「仕方ない。まぁ、せいぜい頑張りな。時間なら俺のほうがあるしな」

貴さんが軽く頭を下げた。

(また、二人でわかり合ってる！)

男二人で結託しているみたいで、なんだか悔しい。

緒方先輩はうなずいて、軽く言った。

「じゃあ、今日、ここを出るわ」

「なんでですか！　先輩が同居したいって言い出したくせに！」

このタイミングで貴さんと二人きりになるなんて困る。

そう思って先輩に噛みつくと、緒方先輩は目をすがめて私を見た。

「お前らの甘々なやり取りを毎日見せつけられる俺の気持ちにもなってみろよ」

「甘くありません！」

反論する私に、胸焼けしそうだと肩をすくめる。

その日のうちに、先輩は言った通りに荷物をまとめて、出ていった。

第五章

貴さんは宣言通り、四六時中迫ってきた。

かわいい、素敵だ、君が必要だと言いながら、私の頬に触れたり髪を梳《す》くようになでたりしてくる。

そのたびに心が乱れてしまって、そんな自分が嫌でストレスが溜まった。ときめいて流されそうになるくせに、貴さんとの結婚は承知できないと思うから。

「君が欲しくてたまらない」

脈絡もなく貴さんが耳もとでささやいた言葉に、とうとう私は爆発した。

「いい加減にしてください……！」

私が叫ぶと、貴さんが驚いたように目を瞬《また》いた。

「不快だったか？」

「はい。応えられないのに、こんなにしょっちゅう甘い言葉を言われても困ります！」

「そうか……」

しょぼんと彼が目を伏せるから、きつく言いすぎたかとうろたえた。

貴さんが落ち込んでいると、つい尻尾の垂れた大型犬を想像してしまう。

「僕は女性を口説いたことがないから、ネットで勉強したのだが、ダメだったか……」

「ネットで？」

貴さんがその美麗な顔で大真面目に『口説き方』と検索している様子が浮かんで、怒っていたのに、つい噴き出してしまった。真剣に吟味して、ノートに写してそう。

（こんな美形なのに⁉　ダメだ。ツボに入っちゃった）

くすくす笑う私を引き寄せて胸に収めると、貴さんは頭のてっぺんにキスをした。

「かわいい」

「……これもネットに書いてあったんですか？」

うっかり心臓が跳ねてしまって、貴さんを見上げ、抗議する。

「違う。これは僕が思ったことだ。ネットには軽いボディタッチがいいと書いてあった」

「そんなの気のない相手には悪手ですよ！」

彼の胸を押し、逃れようとしながら言うと、貴さんはふっと笑い、また耳もとでささやいた。

「でも、あかりは気があるだろ？　そんなかわいい顔で僕を見て。だから、僕を一度は受け入れてくれた。そうだろ？」

吐息が鼓膜をくすぐり、ゾクッとする。

かぁっと頬が熱くなり、私は押し黙った。

（貴さんがあきらめてくれないのは、私も彼を好きなのをわかっているからなのね）

反論しないといけないと思うのに、嘘はつけず、私はただかぶりを振る。

「悪手ですよ！」

私はようやく貴さんの腕から抜け出し、捨て台詞を吐いて、自室に逃げ込んだ。

○●○

誕生日は、実家に逃げたかった。

だけど、緒方先輩がいない今、私まで出ていくわけにはいかなくなった。春めいて、虫の発生率が高くなってきたからだ。

現に、今朝も玄関で虫に遭遇した貴さんが固まっていた。気まずいからといって、そんな彼を置いていくことはしたくないので、あきらめるしかなかった。

貴さんは自社の用があるということで、誕生日当日は午後から別行動だった。

会社で事務仕事を終えて、一人で古民家に帰る。

石畳の道路に並んだ古民家のほとんどは、灯りが消されて真っ暗だった。けど、私たちの家だけ玄関の灯りが格子戸から漏れて、オレンジ色に光っていた。

その温かく風情あふれる光景に、胸がときめく。

それと同時に、この生活に終わりが見えてきたことに喪失感を覚えた。

リゾート開発が承認されたとしても、それ以降はちゃんとした担当がついて、副社長である貴さんが直接関わることはなくなるだろう。

私たちの接点はなくなり、もしかすると、二度と話すことさえなくなるかもしれない。

(住む世界が違うんだから、当たり前よね)

彼は本来なら遠い人だ。わかっているのに、悲しくて仕方がなくなった。

自分からそばに居続けることを拒んでいるくせに勝手だなと思う。


「ただいま～」

玄関のたたきで靴を脱いでいると、花の香りがしたような気がした。

(貴さんがまた花束を用意してくれたのかも)

そう思いながら居間の扉を開けると、むせ返るような甘い香りと、腕いっぱいのバラの花束を抱えた貴さんに出迎えられた。

美形にバラ。最強の組み合わせだ。

アイボリーで丸っこいフォルムのバラは清純でかわいらしく、これまた貴さんに似合っていたけど、数えきれないほどの本数に目を丸くした。

「誕生日おめでとう、あかり」

にっこり微笑《ほほえ》んで、花束を差し出してくる彼に、いやいやとあとずさった。

「こんな本数のバラ、どこに飾るんですか！」

「気に入らなかったか？」

私の表情を見て、貴さんが気落ちしたように目を伏せた。

この顔に弱い私は思わず、フォローしてしまう。

「綺麗だと思いますが、驚いてしまって。とんでもない本数ですよね？」

「百八本ある」

私の言葉に気を取り直したように貴さんが告げてくる。

「ひゃくはちほん⁉」

すごい数。でも、その中途半端な本数はなんなんだろう？　煩悩の数？　とにかくすごい数。

私の疑問を見て取って、貴さんが教えてくれた。

「バラの花言葉は本数でも変わるんだ」

「花言葉ですか？」

乙女ちっくなことを言われて、首を傾げる。

花は好きだけど、花言葉なんて気にしたことがなかった。

貴さんが満面に笑みを浮かべて言った。

「花言葉は『結婚してください』」

うっと胸が苦しくなった。

それなのに、貴さんは言葉を続ける。

「このバラは『あかり』という名前なんだ。もしかしてと思って探したら、本当にあって、取り寄せたんだ。君と同じく清楚でかわいくて優しい香りがする」

私を想って心を砕《くだ》いてくれているのがわかればわかるほど、切なくなった。

立ちすくんでいる私の手を引いて、貴さんは座椅子に座らせた。花束は脇に置かれる。

すぐに貴さんの心づくしの手料理が座卓に並んで、中央にはホールケーキまで登場した。

ケーキの側面は、こげ茶と赤茶色の縦ストライプ、上部にはベリーやクリームで作ったバラがのっていて、とてもオシャレだ。プレートまでついていて、『Happy Birthday to Akari』と書いてある。

二十センチはありそうだ。

誕生日はいつも母と二人だったから、こんなに大きなホールケーキは初めてだった。

「ケーキ、大きすぎません？」

「これは世界的に有名なパティシエが作った紅茶とチョコレートのケーキなんだ。あかりはどちらも好きだろ？」

「大好きですけど、二人じゃ食べきれませんよ？　緒方先輩もいないのに！」

食べ物を粗末にするのは嫌いだ。好きなものだからこそ、余計に。

思わず声を荒らげてしまうと、貴さんはしゅんとした。尻尾が垂れている幻影が見える。

「……残りは明日会社に持っていってもいいですか？」

「もちろんだ」

ついまたフォローしてしまうと、ほっとしたように貴さんがうなずいた。

とりあえず、夕食をいただくことにする。

メインは私の好きなハンバーグだった。デミグラスソースが絶品で、何度食べてもおいしい。

（そういえば、貴さんがいなくなる前に、これのレシピを教えてもらわなくっちゃ）

彼が去ったあとのことを考えてしまって、また胸が締めつけられた。

（まだ目の前にいるのに、バカね……）

一緒にいたいなら、彼の手を取ればいい。

一人で生きていたいと言っているのは私のほうだ。なのに、貴さんと会えなくなることを想像するだけで胸が苦しくなってしまう。矛盾している。

気づかれないように、小さく溜め息をついた。

食後、貴さんが手のひらにのるぐらいの箱を出してきた。

上品な箱にかかっているリボンには、誰もが知るハイブランドのロゴがあった。

「誕生日プレゼントだ。もらってくれ」

小箱を渡されて、開けるのをためらう。

それはどう見ても高級アクセサリーだったから。

「気に入ってもらえるとうれしいんだが」

促されて包みを開けると、案の定、雫形をした一粒ダイヤのペンダントだった。一カラットぐらいありそうだ。下手したら、私の手取り給料に近い値段がするんじゃないかしらとめまいがする。

「貴さん、付き合ってもいないのに、こんなものもらえません！」

箱を突き返すと、貴さんは目を見張った。

「そうか、結婚の前に付き合うのが先か！」

目から鱗といった様子で「あかりが欲しくて、その段階を忘れてしまっていた。すまない」と言う貴さんに、今度は私が目を瞬《またた》いた。

(気にするのはそこ⁉)

唖然《あぜん》としていると、引き寄せられ、頬を両手で挟まれる。目を逸《そ》らさせないとばかりに。

「あかり、好きだ。付き合ってくれ」

眼鏡越しの瞳が熱っぽく私を見つめる。

私ははっと息を詰めた。

(このタイミングでそれを言うの⁉)

貴さんは私を癒《いや》し要員として求めているんだと思っていた。緊張を強《し》いられる環境からのどかなここに来て、落ち着くのを私と結びつけてしまっただけだと。そういう考えがいつも頭にあった。

結局、自信がなかったのだ。

でも、好きという言葉の破壊力はすごくて、あれこれ考えていた私の悩みも言い訳も打ち砕《くだ》いた。

(貴さんは私を好き……)

その言葉が心の奥まで沁《し》みとおって、目がうるんだ。

私の反応を見た貴さんがハッとした顔をした。

「まさか僕はあかりに好きだって伝えていなかったのか？」

口を開くと泣いてしまいそうでただうなずくと、彼はショックを受けたように、額を押さえた。

「すまない。僕はまた言葉足らずだったようだ」

貴さんは真摯《しんし》に謝ったあと、蕩《とろ》けてしまいそうな甘い目をした。

「あかり、好きだ。あかりの前向きさも、仕事に一生懸命なところも、僕を気づかってくれる優しさも、全部が好きなんだ。……いや、好きだなんて言葉じゃとても言い表せない。あかりのことが好きで好きで、苦しいほど求めている」

言葉の通り、苦しげに貴さんが訴えてくる。

それを聞いて、貴さんの言っていた『君が欲しい』とか『君を求めている』という言葉が、彼の中では『好き』よりも深い感情だったことを知る。

私は胸が詰まってなにも言えず、ただ、彼を見上げていた。

「どうして泣くんだ、あかり？」

そっと親指で頬を拭《ぬぐ》われて、抑えていた涙があふれ出していることに気づいた。

どうしてかなんて、私にもわからない。

ただ、胸を覆《おお》い尽くすこの感情を吐き出したくて吐き出せなくて、代わりに涙が出たのかもしれない。

貴さんが私の目じりに唇を落とした。

涙を拭《ぬぐ》うように、目じりから頬へと唇が移動して、そして――

唇が重なった。

私の反応を窺《うかが》うように、触れるだけのキスを何度もされる。そのうち、唇が触れている時間が長くなり、情熱的に吸いつかれた。私は身動きもできず、ただ彼に翻弄《ほんろう》されていた。

心がぐちゃぐちゃになる。

絡められていた舌が放されて、綺麗な目が覗き込んでくる。

その瞬間、感情があふれた。

「貴さん……」

「ん？」

優しく首を傾げる彼に、つぶやいた。

「好き」

言ってしまった。

貴さんはぱっと顔を明るくした。眼鏡の奥の瞳がキラキラしている。

彼の喜びが伝わってきて、愛おしさに目を細めた。

「あかり、僕も好きだ！　好きなんだ！」

私を抱きしめた貴さんの声が潤《うる》んでいた。私はそっと彼の背中に手を回した。頭に顔を押しつけられる。

「結婚は保留でもいいですか？」

あまりの喜びようにそう言うと、抱きしめる彼の手に力が入った。

「今はそれで十分だ。だから、付き合ってくれるか？」

「はい。そばにいられる限りは」

私の言葉に、貴さんは切なげに溜め息をついた。でも、すぐにそれを振り払うかのように、またキスを繰り返した。

キスが深くなってきて、床にそっと押し倒される。髪の毛を梳《す》くようになでられ、身体の線を辿《たど》られて、体温が上がってくる。貴さんの手がブラウスのボタンにかかった時、慌てて止めた。

「貴さん、お風呂に入りたいです」

いつの間にか眼鏡を取った貴さんの目は雄弁に、私が欲しいと言っていた。余裕なく私を求める瞳は色気にあふれ、見つめられるだけで、身体の奥が疼《うず》く。

じっと私を見た貴さんは小さく息を吐いて、うなずいた。

「……そうだな」

そして私を引っ張り起こし、立ち上がると、ひょいとお姫様抱っこをした。

「ひゃあっ、た、貴さん！」

慌てて彼の首もとに掴《つか》まると、貴さんは私の耳に唇を寄せて、ささやいた。

「本当はバラ風呂にしたかったんだが、我慢できない。シャワーでいいか？」

熱っぽい息が耳にかかって、ぴくりと反応してしまう。

あのバラは、そんな使い道を考えていたんだ、と頭の片隅で思う。けど、ほとんどの思考は貴さんの色気にあてられて、機能が停止していた。

「シャワーで、いいですけど？」

わざわざ聞いてきた意味がわからず、疑問形で返す。

(バラ風呂を用意できなかったのが残念なのかしら?)

歩みを緩めないままで、貴さんがくすっと笑いを漏らす。「かわいい」という言葉とともに頬に熱いキスが降ってくる。

お風呂場に連れてこられて、ようやくその意図を理解した。

(これって、一緒にお風呂に入るってこと!?)

貴さんは私を洗面台に腰かけさせ、ブラウスのボタンを外し始めた。

「ちょ、ちょっと貴さ……んっ!」

抗議しようと口を開いたら、熱烈なキスが落ちてきて、口を塞《ふさ》がれた。

舌が入ってきて、私の口内を愛撫《あいぶ》する。

上顎をすりすりと擦られるだけで、くすぐったいような快感が湧《わ》き上《あ》がり、身をよじる。

身体が熱くなって、熱に浮かされたようになる。

私がぽーっとしている間に、ブラウスが脱がされ、キャミソールがまくり上げられた。

ブラのホックが外されて、胸が露出する。円を描くように揉《も》まれて、親指で尖《とが》った先を擦られた。

「うんっ……」

お腹の奥がきゅんとする。

口を解放され、今度は私の胸に吸いつかれる。

先端を舌で転がされて、嬌声《きょうせい》を漏らしながら貴さんの頭にしがみついた。

指通りのいい髪の毛を掻《か》き回し、彼の愛撫《あいぶ》から逃れるように身をくねらせるけど、腰をしっかりと持たれて逃げられない。

「あ、あんっ。ん、あぁ……貴さん、おふろ……」

お風呂場に来た目的を思い出して訴えると、貴さんはしぶしぶというように口を離して、ブラごとキャミソールを剥《は》ぎ取った。

貴さんの唾液でてらてら濡《ぬ》れて立っている自分の乳首が見えて、とても恥ずかしい。

思わず腕で胸を隠すと、くすりと笑った貴さんがまた「かわいいな」と軽くキスをして、自分の服に手をかけた。

現れた彼のスリムで美しい身体に見惚《みと》れていると、今度はスカートと一緒に下着を脱がされた。

ショーツがすでに濡《ぬ》れているのに気づかれたかしらと思った直後、それどころじゃないとうろたえる。

（一緒にお風呂に入るなんて！）

ボンと頭が沸騰《ふっとう》して動けなくなった私の手を貴さんが引いて、浴室に導いた。

シャワーのお湯をかけられて、ボディソープの泡を手で身体に広げられたところで、ようやく我に返る。

「貴さん、恥ずかしいです……」

顔を伏せて、彼の手首を掴《つか》んで止めた。

「自分で洗えますから！」

そう言うと、貴さんに手を掴《つか》み返され、ボディソープを手のひらに出される。そして、貴さんは私の手に自分の手を重ねて、私の身体を愛撫《あいぶ》するようになで回した。

身体に触れているのは自分の手なのに淫《みだ》らな気分になって、頬が熱くなる。

その様子を真正面から楽しげに見られているのも恥ずかしくて、顔が上げられない。

「僕も洗ってくれるか？」

そんな私の耳もとに顔を寄せ、貴さんがささやく。

（貴さんを？）

彼は私の返事も聞かず、泡のついた私の手を自身の胸に押し当てた。

自分とは違う筋肉質な胸板の感触を味わう。

貴さんをもっと感じたくなった。

（付き合うことにしたんだもん。いいよね？）

思い切って私が自ら手を動かすと、貴さんはお返しとばかりに私の身体をなで始めた。

私たちはお互いの身体を洗いっこした。彼の背中に手を伸ばして、抱き合う形になる。

お腹に硬く熱いものを感じた。

ちらっと貴さんを見上げると、上気した色気滴《したた》る顔が見えて、思わず唾《つば》を呑み込んだ。

「んっ！」

上からかぶりつくようにキスをされる。

唇を放した貴さんは「すまない、もう我慢できない」とシャワーのお湯を出して身体の泡を洗い流すと、浴室を出た。余裕なくタオルで二人の身体を拭《ふ》いた彼は、私の手を引いて自室に連れていった。

部屋に入るなり、トンとベッドに押し倒される。

すぐに蜜を垂らしっぱなしの秘所に触れられて、鼻にかかった声をあげてしまう。

指が差し込まれてぐるりと掻《か》き回された。

「あぁんっ」

彼の指に擦られたところがひどく感じて、腰が跳ねた。

貴さんが熱い息を漏らし、そこばかりを攻め立てる。

「あぁッ、あッ、あッ！」

なにかが込み上げてくる感覚に身をよじり、首を振る。

けど、もう少しというところで指を抜かれてしまう。それにびっくりして、貴さんを見上げた。

苦しげに眉を寄せた彼は、チュッとキスを落とすと、枕もとからゴムを出して装着した。

「あ……んっ！」

指を抜かれてさみしくなったところに、もっと大きな熱いものが入ってきて、私を満たした。

身体が貴さんと繋がった喜びに震《ふる》える。

「あかり……こんなになにかを手にしたいと思ったのは初めてなんだ。あかりしかいらないんだ」

ギュッと私を抱きしめて、感情をぶつけるように貴さんが訴える。

その切実な様子に、胸が苦しくなり、なだめるように抱きしめた。

そのまま、私たちは一つに溶け合うように、秘部を擦り合い、キスを重ね、我を忘れた。

こうしていると、世界に貴さんしかいないような感覚になって、このまま時が止まってしまえばいいのにと思う。

そんな私の願いもむなしく、身体はどんどん高まり、二人同時に果てた。

貴さんが好きだという気持ちが込み上げてきて、彼の髪の毛をなでる。幸せそうに目を細めた貴さんも私の頬をなでてから、身体を離し、私から出た。

ゴムを処理して、新しいものをつける。

（えっ？）

すぐに挿入されて、気持ち良さにびくりと震えてしまう。

私を抱き起こした貴さんはあぐらをかいた脚の上に私の身体を乗せた。繋がったところとそのすぐ上の尖《とが》りが擦れて、脳が痺《しび》れるような快感を覚える。

はくはくと口を開閉すると、唇が合わせられた。

「あ、っんん……」

抱きしめられたまま身体を揺さぶられる。快感が溜まっていき、背中を反らす。突き出すようにした胸をなでられ、先端を摘《つ》ままれる。

貴さんの唇は首筋に移って、舐《な》められた。

きゅんきゅんと私の中が痙攣《けいれん》するのを感じた。

蕩《とろ》けるような快感が背中を駆け上がり、腰が揺れる。

頭も身体も貴さんでいっぱいになる。

「あっ、ぁあっ、はぁん、あんっ……」

下から突き上げられて、私は嬌声《きょうせい》を止められない。

貴さんの頭に抱きついて、官能の波に押し流されるのに耐えようとした。

でも、抽送が速まると、もう無理だった。

甘い痺《しび》れがお腹の奥から全身に広がり、ほどなく脳まで到達して頭の中が真っ白になった。

貴さんのものを締め上げ、私はまた達してしまった。

その晩の貴さんは激しくて、何度も私を求めてきた。何度目かわからなくなった絶頂のあと、私は意識を手放した。


翌日、温かな腕の中で目が覚めた。

すぐそばに目を閉じた綺麗な顔がある。長いまつ毛が朝日に照らされて、光っているように見えた。

身じろぎすると、腰の重さに気づく。昨日さんざん貴さんに貪《むさぼ》られたのを思い出してしまって、顔が熱くなる。

でも、彼の寝顔を見ていたら、幸せな気持ちが恥ずかしさを上回った。

恋を繰り返していたお母さんがよく言っていた『好きになっちゃったら仕方がないわ』という言葉が、今なら理解できる。

（でも、これもきっと長くは続かない……）

貴さんのことは好きだ。けど、好きだけで結婚の障害を乗り越えられるとは思わなかった。婚外子との結婚なんて、絶対に反対される。でももう、それを優しく不器用な彼に伝える気はなかった。

(私たちの関係は、今ここにいる間だけ成り立つものだ)

そう考えただけで、とたんに心臓が掴《つか》まれたかのように痛くなる。その痛みをごまかすように彼の胸にすり寄った。

「ん……あかり？」

寝ぼけながらも、貴さんは私を抱き直して、髪にキスを落としてくれた。

そんな彼が愛おしくて仕方ない。

私も彼に抱きついて、もう一度、目を閉じた。

(今だけは、この幸せに浸りたい)

そう思い、他のことは頭から締め出した。

○●○

それから私たちは毎晩一緒に眠り、朝にはキスをした。

貴さんの腕に包まれて、「おやすみ」と挨拶《あいさつ》を交わすと、私は速攻で眠りに落ちた。彼の体温は心地よすぎる。

「本当に寝つきがいいんだな」

朝、貴さんは私の頬をくすぐりながら笑った。

「ごめんなさい。貴さんはちゃんと眠れています？」

いつも私が先に寝て、目覚めると甘い瞳に見つめられている。うまく睡眠が取れているのか心配になった。

でも、私の言葉を聞いた貴さんは破顔した。めずらしいくらい満開の笑みに胸を突かれる。

「僕の腕の中で安心して寝ているあかりはすごくかわいい。それにつられて、僕もいつの間にか寝ているんだ。こんなに幸せな気持ちで眠れたことはないよ」

そんな言葉とともに、耳に口づけられる。頬が熱くてたまらない。

恋人としての貴さんは甘くて甘くて甘くて、慇懃《いんぎん》無礼《ぶれい》メガネと思っていたのが嘘みたいだ。

ことあるごとにキスをしてきて、眼鏡越しに甘く見つめてくる貴さんに毎日ときめいた。

（もうっ、心臓がもたないわ……）

そして、切なくもなった。期間限定のこの関係に。

「こんな日々がずっと続いたらいいと思わないか？」

「思いますけど……私となんて、反対されるんじゃないですか」

「やるべきことをやっていたらいいと言われた」

さらりと言われて、驚いた。

「まさか國見社長に話したんですか!?」

貴さんはなんでもないふうにうなずく。

「あぁ、もちろんだ。だから、安心してくれ」

「できませんよ！　社長はいいかもしれませんが、お母様は？」

「母は僕を産んですぐ亡くなった」

「あっ、ごめんなさい……」

母親の話が出ない時点で、気がつけば良かった。

焦る私に貴さんはゆっくり首を振った。

「記憶がないから悲しいという感情もない。大丈夫だ」

貴さんはそう言うけど、さみしさはきっとあっただろう。一人ポツンと食卓に座る幼い貴さんを思って、胸が痛くなった。

人が作ったものを食べられないとか、表情が乏《とぼ》しいとかいうのは、家庭環境のせいではないかとうすうす思っていたけど、母親不在の話を聞いて彼の孤独が思いやられた。

そんな話を聞いてしまうと、彼に寄り添いたくなってしまう。

「反対する者がいなければ……」

「それでも、後ろ指をさされるのは嫌です」

「そうか」

ぐらりと気持ちが揺れるけど、蔑《さげす》まれるのは貴さんもだと思い直してかぶりを振る。

貴さんは溜め息をついた。そして、じっと私の目を見て、攻め手を変えてくる。

「あかり、良かったら僕と一緒に東京に来ないか？」

「私はここの仕事が気に入っているので……」

生活基盤を変えるのは不安だ。

頼るべき人が貴さんだけになる状況は嫌だった。

「そうだな。僕も仕事を頑張っているあかりだから好きになったんだ」

「ごめんなさい……」

こんな会話を何回も繰り返した。

決してうなずかない私に、貴さんも最後には黙り込み、ただ私を抱きしめた。

○●○

「あかり、お願いがある」

「なんですか？」

ある日、外出先から帰った私に、貴さんが改まった様子で言ってきた。

「うちの会社の創立記念パーティーに出てほしいんだ」

「創立記念パーティー？」

「そうだ。来週の土曜日、九十周年のパーティーがあるんだが、提携先の担当として出席してほしいんだ。もちろん、田中社長にも声をかけてある」

「提携先ということは……」

私が驚いて彼を見上げると、貴さんが微笑《ほほえ》んでうなずいた。

「そうだ。昨日の会議でここのリゾート開発を進めることが正式に決まった」

「本当ですか？　やったぁ！」

私は小躍りして、貴さんに抱きついた。

彼がこのところ忙しそうにしていたのは、知っている。

いろんな資料を集めたり、緒方先輩と一緒に、地元の有力者や地権者と会っていたり、東京にも頻繁に戻ったりしていた。東京に行っても、日帰りでここに帰ってきてくれていたけど。

天立市のリゾート開発始動に向けて、注力してくれているのを感じていた。

それが実を結んだのだ。

「もちろん出席させてもらいます。あ、でも、パーティーなんて出たことがないから……」

「もし良かったら、僕に準備させてくれ」

「でも……」

「いつもパーティーの衣装を頼むところがあるんだ。そこに一緒に行こう」

そう言われて、私はうなずいた。

変な格好をして、貴さんに恥をかかせるのも嫌だったから。

その週末に、東京に連れていかれた。

ビルだらけの街並みに、テレビで見たことのある歩行者天国。それらを横目に、運転手付きの高級車は進んでいく。

（東京駅を出たらこの車が待っていたけど、これって普通じゃないから！）

貴さんと自分の生活レベルの差を感じる。

落ち着かずにキョロキョロしてしまう私をなだめるように、貴さんが手を握《にぎ》った。

車で乗りつけたのは、店構えからして高級そうなブティックだった。

上品な店員さんに出迎えられ、彼女のアドバイスをもとに、ドレスから靴、バッグまで揃えてもらった。

いくつか試着して選んだのは、モーブピンクのドレスだった。

とろんとしたやわらかな素材で、V字になった襟《えり》部分が同色のレースになっている、上品でかわいいデザインだ。

これに誕生日プレゼントにもらったペンダントをつけたら、ぴったりだった。

なにを着ても、貴さんが「綺麗だ」「かわいい」と褒《ほ》めるばかりなので、店員さんに「仲がよろしくて、うらやましいです」と笑われる。

恥ずかしさに、ちょっと貴さんを睨《にら》むと、また「かわいい」と頬をなでられて、頭が爆発しそうになる。

靴もビジューのついた優美なパンプスで、テンションが上がる。

簡単に髪をまとめてもらって鏡を見ると、上気した顔の恋する女性が映っていた。自分とは思えないほど、キラキラしている。

その後ろに、濃紺のスーツを試着した素敵な貴さんが見える。斜めストライプのネクタイにはモーブピンクが配色されていて、並ぶとお揃い感があった。

「あかり、とても似合っている」

耳もとでささやかれて、ますます顔が赤くなる。

支払いで押し問答したけど、貴さんは、会社の経費だからと払わせてくれなかった。絶対そんなことはないと思うのに。

自分で払いたいと思うものの、あまり揉《も》めているのも申し訳ないと引き下がることにした。

○●○

創立記念パーティーの当日、また貴さんに連れられて、美容院で髪を整え、メイクアップしてもらった。

美容院の待合室で貴さんのお迎えを待っていると、声をかけられた。

「あら、佐々木さん」

振り向くと、来生さんが立っていた。彼女に会うのは、貴さんの婚約者だと古民家に押しかけて来て以来だ。貴さんが下の名前で呼んでいるのは、父親である専務の来生さんと社長秘書の彼女を呼び分けるためというだけの理由だった。

鮮《あざ》やかなエメラルドグリーンのマーメイドドレスが、彼女のグラマラスな身体にぴったりで素敵だった。女の目から見ても色っぽい。

にっこり笑った来生さんは、「ちょうどあなたとお話ししたかったの」と私の隣に座った。

「佐々木さんって、婚外子だそうね？」

ぽってりした官能的な唇がそう言葉を紡ぎ、表情と内容の差に茫然とした。

「えっ？」

「社長のご指示で調べたら、婚外子で驚いちゃったわ」

まるでランチにイタリアンを食べたわと言うような軽い口ぶりで、来生さんは言った。

（調べた？）

貴さんが國見社長に私と結婚したいと言ったからだろう。

（やっぱり御曹司の相手ともなると調べられるのね）

どこまで調べたのかはわからないけど、家庭の事情をこんなところで話したくなくて、口ごもる。

明確な返事をしない私を見て、来生さんは笑顔を崩さないまま続けた。

「佐々木さんって、貴さんの置かれている立場を理解していますか？」

「立場、ですか？」

いきなり話題が変わって、戸惑う。

貴さんはお父さんといるとプレッシャーを感じると言っていた。親戚ともうまくいってないみたい。ストレスで倒れてしまうほど、苦しいのだということはわかる。

でも、立場と言われると詳しいことは知らない。

「知らないのね」

来生さんが嫣然《えんぜん》と微笑《ほほえ》む。優越感に満ちたその笑顔に、嫌なものを感じる。

「役員の三分の一は、貴さんを後継者として認めていません」

「え……」

「子会社の社長をしている従兄の浩平《こうへい》さんのほうを推しているんです。彼は積極的に票を集めて回っています」

前に従兄が次期社長の座を狙《ねら》っていると貴さんは言っていた。こんなに表立って動いているんだ。

来生さんの言葉づかいが微妙に変わる。

「それで、貴さんを支援しようと、お父様が私との結婚を提案したのよ。聞いているかどうか知りませんけど、私の父は國見コーポレーションの専務なの。國見社長も賛成してくれているわ」

そこの部分は貴さんから聞いた。そして、断ったとも。

(なにが言いたいのだろう?)

私は綺麗な半円を描く彼女の口もとを見つめた。

「私は貴さんの役に立てるわ。でも、あなたはどう？　助けになるどころか、足を引っ張るだけじゃないかしら？　申し訳ないけど、貴さんに迷惑をかける未来しか見えないわ」

「………」

「貴さんのことを思うなら、よく考えたらどうかしら？」

(そんなこと、言われなくてもわかっているわ！　だから、結婚はできないって言っているのに)

今までは想像でしかなかったことを、現実として見せつけられる。やはり彼とは住む世界が違うのだ。

つくづく実感した。

慣れない格好でここにいる私は分不相応だ。本来なら、貴さんの隣に立てる人間ではない。

婚外子であることを無関係な人から責め立てられるのは慣れている。そして、貴さんと結婚したら、さらに中傷が増えるのは目に見えていた。きっと貴さんは私のために胸を痛めることになるし、私だけじゃなくて貴さんまで非難の的になる。

私のせいで彼が傷つけられるのは嫌だった。

来生さんの言う通り、貴さんにとって私の存在はマイナスにはなっても、プラスになることはない。

「……心配していただかなくても、そもそも私は貴さんと結婚するつもりはありません」

「えっ！」

来生さんが目を見開く。

私は貴さんと結婚しない……できない。でも、あなたには関係ない。

そういう意図を込めて静かに来生さんを見つめると、彼女は気まずそうに目を逸《そ》らし、立ち上がった。

「それならいいわ」

来生さんが去ろうとした時、ちょうど貴さんが迎えに来た。

「貴さん！」

相変わらず、語尾にハートマークがつくような甘い声で、来生さんが彼を呼ぶ。

胸にモヤモヤが広がる。

貴さんの名前を呼ぶのを聞くだけで自分が嫉妬《しっと》するとは思わなかった。

「玲香さん、どうしてここに？」

「私も髪のセットに来たの。偶然佐々木さんに会って、うれしくなっておしゃべりしてたのよ」

よそ行きの無表情で来生さんを見る貴さんに、彼女は微笑《ほほえ》みかける。

貴さんは気づかうように私を見たけど、私はさっきの話をする気はなかった。追及されないようににっこり笑って立ち上がった。

「貴さんも髪をセットしてもらったんですね。素敵です」

左サイドの髪を搔《か》き上《あ》げるように固め、前髪は斜めに流している。

三つ揃いのスーツをまとった洗練された姿は、どこからどう見てもハイスペックで完璧な御曹司だった。

「あかりもとても綺麗だ。普段のあかりもいいが、ドレスアップした姿も新鮮でいいな」

その美形が甘い瞳で私を褒《ほ》める。

来生さんの前での遠慮ない褒めように、私の顔はほてった。

「じゃあ、また会場で」

貴さんは来生さんにそう声をかけると、私をエスコートして車に戻った。

彼女の視線を、痛いほど背中に感じた。

パーティーの会場は有名ホテルだった。開始時間の前にもかかわらず、バンケットルームにはすでに百人規模のお客さんがいて、笑いさざめいていた。

中央にきらめくシャンデリア、その下には桜の枝を大胆に使った大きな生け花が飾ってある。だだっ広い会場には、白いテーブルクロスがかかった丸テーブル、料理の載せられた長テーブルがあった。ところどころに生花が飾られて、とても華やかだ。

正面のステージには金屏風が設置されている。

私たちが入っていくと、注目された。

スーツをビシッと着こなした貴さんは言うまでもなく素敵で、女性の視線を一身に集めていた。彼だけでなく、その隣に並ぶ私も誰だというようにチラチラ見られた。

身体がこわばりそうになるけど、負けず嫌いが顔を出す。

(今、貴さんのパートナーは私だわ。誰からも文句を言われる筋合いはない)

釣り合ってないと言わんばかりの鋭い視線をひしひし感じる。

生まれを知られたら、さっきの来生さんのように蔑《さげす》まれるだろうと思う。

それでも、しっかり顔を上げた。そんな私に、貴さんがささやく。

「あかりは素敵だ。誰よりも」

横を向くと、貴さんが心配そうに私を見ていた。

大丈夫だと軽くうなずいて、微笑《ほほえ》んでみせる。

（やせ我慢でも、堂々としていよう。貴さんに恥をかかせないように）

気合いを入れて、笑みを顔に貼りつけて私は前を見た。

腕を絡めた貴さんが心強い。

私を気づかいながらも貴さんは、ステージのほうへと向かっていった。

当たり前だけど、主催者側の目立つところだ。そこにはスーツのおじさん集団とロマンスグレーの背の高い男性、それから来生さんもいた。

彼女は私たちに気づくと、にっこり笑った。けど、チラリと私を見た目が笑ってなくて、ちょっと怖かった。

「父さん」

貴さんが話しかけると、ロマンスグレーの男性が振り向いた。

（わぁ、イケオジだ！）

貴さんに年齢と渋みと貫禄を加えたような人だった。痛いほどの鋭さと冷たさを感じるまなざしで、こちらを見る。

貴さんのお父様ってことは、この人が國見社長なのね。

私がそっと見ていると、貴さんが紹介を始めたので、慌てて背筋を伸ばした。

「こちらが田中プランニングの佐々木あかりさんです。この間お話しした僕が結婚したいと思っている女性です」

「貴さん！」

なんて紹介をするのかと抗議した私に、貴さんが「僕がそう思っているのは本当のことだ」と言った。

國見社長は、話は聞いているというように軽くうなずき、私に向かって、儀礼的に笑った。

「國見正だ。君か。貴を籠絡した女性は」

慇懃《いんぎん》な笑顔、内容の無礼さは、来生さんと同じだった。

一瞬、なにを言われたのか、わからなくなる。

(これが上流階級のやり方なのかしら？)

こんな世界に身を置いているのだとしたら、貴さんがかわいそうだと思った。

「籠絡だなんて、とんでもないです。……初めまして、國見社長。田中プランニングの佐々木あかりと申します。このたびは、天立市のリゾート開発を決定していただき、ありがとうございます」

「見込みがあると考えたから決めただけだ。君の力だとは思うな」

「そんなことは思っておりません」

「父さん、あかりを愚弄《ぐろう》しないでください」

今度は貴さんが抗議の声をあげた。

國見社長は口もとに笑みを湛えながら、冷たい目で貴さんを見る。

「私は彼女が誤解しないように、親切心で言っているんだ。第一、調べさせたら私生児だっていうじゃないか。ありえんな」

「そんなことは関係ありません」

「あるに決まっているだろう。彼女に下手な希望を与えるほうが気の毒だぞ。彼女はお前の役に立たない」

「僕はあかりしか必要としていません！　それに僕は、彼女の存在に助けられています。彼女といると活力が湧くんです。僕はあかりと生きていきたい」

二人とも冷静な顔つきで抑えた声で応酬する。内容を聞いていなければ、ただ語らっているだけのように見えた。

「それがなんの役に立つ？　ただでさえ、浩平くんが追い上げてきているんだ。来生専務の娘と結婚して、足場を固めろ」

「それはお断りしたはずです。それにこの間は、あかりとのことを認めてくれたじゃないですか！」

「それは彼女がマイナス要因にならなければの話だ」

「マイナスになんてなりません！」

「なるに決まっている。このままでは勝てんぞ？」

「あかりを認めてくれないのなら、それでも構いません」

「なに？」

冷静だった國見社長の顔色が変わった。

それに対して、貴さんは挑戦的な言葉を続けた。

「あなたは僕に会社を継がせようとしていますが、残念ながら僕はそれほどこだわっていないのですよ」

「……なんだと？」

低い声で國見社長が言い、貴さんをジロリと睨《にら》んだ。

隣で成り行きを見守っているだけの私も、その迫力に縮み上がった。

そんな私の手に、貴さんの手が添えられた。

オロオロしていると、社長の秘書の一人らしき男の人が「社長、そろそろ……」と声をかけてきた。

「貴、勝手なことは許さんぞ！」

捨て台詞を吐いて、國見社長はステージに上がっていった。


國見社長の開会の言葉を皮切りにパーティーは始まった。

「あかり、巻き込んですまなかった……。結果を出せば、構わないと言っていたんだ。あの人は、基本的に僕のプライベートに興味はないから。でも、僕の認識が甘かった」

「私はいいですけど、あんなにお父様を怒らせて、あとで大変なんじゃないですか？」

挨拶《あいさつ》を聞きながら、ひそひそと会話を交わす。

「大変かもしれないが、口に出して改めてわかった。僕は会社を継ぎたいわけではなかったんだ。あかりとの結婚の障害になるならなおさら」

「そうは言っても……」

「あぁ、これは僕の問題で、あかりは関係ないから、気にしないでくれ」

貴さんの状況を複雑にしてしまったようで、申し訳ない。それでも、すっと線を引かれてしまうのもさみしい気持ちになる。

プロポーズを断る気持ちでいるのなら、それ以上踏み込んではいけないのは当たり前なのに。

「それよりも、あかりに不快な思いをさせてしまって本当に申し訳ない。こうしたことがあるから、あかりは僕と結婚できないと言っていたんだな……」

理解できていなかった、と貴さんがとても落ち込んだ顔をした。

大型犬が耳を垂れ、しょぼくれているように見えてしまい、私は彼の腕をなでてなぐさめた。

「慣れていますから、大丈夫です」

「こんなことに慣れる必要はない！」

「そうは言っても現実ですから」

平静を装って言うと、溜め息をついた貴さんは守るように私の肩を引き寄せた。

祝辞が終わり、歓談の時間になると、國見社長と貴さんのもとに長い挨拶《あいさつ》の列ができた。

ウエイターが持ってきてくれたウーロン茶を片手に、私はそっと貴さんから離れた。

田中社長を捜そうと思ったのだ。

壁際においしそうな料理が並んでいたけど、こんなところで食べられる気がしないので通り過ぎる。視線をさまよわせ田中社長を捜す私に、声がかけられた。

「瑞穂《みずほ》！　……いや、あかり？」

ここには田中社長以外に知り合いなんていないはずなのに、と驚いて振り向くと、見知らぬ中年男性が私を見つめていた。

ハンサムだった面影はあるけど、太って輪郭が崩れて、どこかだらしない感じのする人だった。

（でも、今、お母さんと私の名前を呼んだ……）

心当たりがある人は一人しかいなくて、まじまじと彼を見つめた。

「あかり。俺を覚えてないか？　父さんだよ」

猫なで声で言われて、息を呑んだ。

「お父さん……？」

「あぁ、そうだ。別れた時、あかりは小さかったから覚えてないか？　俺は、お前がお母さんとそっくりだったから、すぐわかったぞ？」

『おとうさん、おとうさん！』と泣き叫んだ記憶はあるけど、その顔はおぼろげで、目の前の人と一致するのかどうかわからなかった。それでも、本人が言うからにはそうなんだろう。

冷めた頭で考える。

（今さら会えてもうれしくは、ない）

「あかりは國見ジュニアと親しいのか？　すごいな！」

いきなり貴さんの話題になって、目を瞬《またた》く。

そんな私に気づかないのか、父はうれしそうに私に近寄って手を取った。顔を近づけて、ささやいてくる。

「なぁ、あかり、國見ジュニアに口を利いてくれないか？　次のコンペでうちの会社を選ぶように」

媚びるような顔で言う。生ぬるい息がかかって、ゾッとした。

手を振り払い、あとずさる。

「いきなりなんですか！」

「頼む！　この通りだ！　國見さんを口説いて、コンペで勝たせてくれ」

「なんで私が？」

「これを落としたら経営がヤバいんだ……。父親の頼みじゃないか！　困っている父親を見捨てるのか？」

その人は同情を買うようにすがってきた。

（二十二年ぶりの再会でこれって、ないわ！）

身勝手さに怒りが込み上げてきて、彼に突きつけるように言う。

「あなたは幼い私と母を捨てましたよね」

「あれは事情があって、どうしようもなかったんだ！　俺だって苦しかったんだよ。謝るから、助けてくれ！」

またもや手を握《にぎ》られて、吐き気がする。

振りほどこうとした時、後ろから伸びてきた手にぐいっと手を引かれた。

「あかり、大丈夫か?」

貴さんだった。

彼は私を守るように肩を抱いて、凍りつきそうな冷たい目で父を睨《ね》めつける。

「あっ、違うんです、國見副社長。その子は私の生き別れの娘で、偶然の再会に興奮してしまって……」

「そうだとしても、あかりは嫌がっていたようですが?」

「そ、そんなことないよな? あかり?」

必死で訴えてくる父から目を逸《そ》らす。

気がつくと、私たちは注目されていた。これだけ騒げば当然だろう。

私はなおも父から目を離さない貴さんの袖を掴《つか》んで、注意を引いた。

「行きましょう」

「いいのか、あかり?」

気づかわしげに私を見る貴さんに、微笑《ほほえ》んでうなずいた。そして、父を見やった。

「あなたと私は他人です。今までも、これからも」

そう言って、私は背を向けた。

背後から「あかり!」と呼ぶ声が聞こえたけど、振り向かない。

貴さんが横に並んで、腰に手を回してきた。そして端正な顔を近づけてきて、ささやく。

「もし君が望むなら、コンペで都合をつけられなくもないが?」

父の言葉が聞こえていたようだ。

「そんなこと、貴さんにさせられません！」

「本当にいいのか？」

「いいんです。私に父親はいません。公正な判断をしてください」

「わかった」

それ以上なにも言わず、貴さんは私の頭にキスを落とした。

キャアという悲鳴があちこちから聞こえた。

貴さんがもといた場所に戻ると、すぐに挨拶《あいさつ》待ちをしていた集団に取り囲まれた。

彼は途中で抜け出して、私を助けに来てくれたみたいだった。自然と微笑《ほほえ》みが浮かぶ。

冷えてこわばった心が温められていく。

私は貴さんを囲む集団から少し離れたところで会場を見ていた。すると、料理をお皿いっぱいにのせた田中社長を見つけたので声をかけた。そのあとは、貴さんが捜しに来るまで社長にひっついて過ごした。

おいしそうに料理を頬張りながら「こういうところで食べないなんてもったいない！」と言う田中社長は、いつも通りマイペースだった。

同じ社長でも國見社長とは全然違うなぁ。

先ほどの冷たい会話を思い出して、そっと溜め息をついた。

その日の夜は、貴さんとそのままホテルに泊まった。パーティーの招待客には宿泊がついていたのだ。

高層階の客室は、焦げ茶ベースの落ち着いた内装だった。床から天井まで広がる一枚ガラスの窓からは、東京の美しい夜景が見えた。

「綺麗ですね」

「あぁ」

外を眺《なが》める私を、貴さんが後ろから抱きしめてくる。

夜になっても交通量の落ちない道路を車のライトが行き交う。ビルの灯り、電飾看板、街路樹のライトアップがきらめいていた。

星の見えないきらびやかな夜景を見せる窓ガラスに、私たちが映り込む。

その美しさは、貴さんには似合っているけど、田舎者の私には眩《まぶ》しすぎた。

「あかり。お父さんのことを気にしているのか？」

沈んだ様子を察したのか、私の髪を弄《いじ》りながら貴さんが尋ねてきた。

私は黙ったまま、かぶりを振った。

今日はいろんなことがありすぎた。

もちろん、父のことはショックだった。

二十年以上も放っておいて、貴さんと親しいと知るやいなや、口利きをせがむなんて……。がっかりしたのを通り越して、あきれてしまった。

（あんな人に捨てられたのを、これまで気にしていたなんて！）

父に会わなければ良かったとも思うけど、おかげで吹っ切れた気もする。

それより今は、改めて私と貴さんの住む世界の差を実感していた。

来生さんに言われるまでもなく、私は貴さんには釣り合わない。

父のように、貴さんに近づくために私を利用しようとする人も出てくるだろう。それにうまく対処できるかも、自信がない。

私の存在は貴さんにとってマイナスでしかない。

（貴さんの弱点になるのは嫌だわ）

彼を支えてあげたいと思う。でも、彼のそばに居続けるのは、私には荷が重すぎる。

好きなだけでは乗り越えられないことがある。

窓に映る貴さんを見つめていたら、頬に手がかかり、顔を覗き込まれた。

「なにを考えているんだ？　今度のコンペじゃなくても、お父さんの会社に仕事を回しても……」

「ううん、本当にいいんです」

「それとも、父に言われたことか？　あれは本当にすまなかった」

「いいえ、それも本当に慣れているのでいいんです」

「あかり……。僕は悔しいよ」

そう言ってグッと口を引き結んだ貴さんに微笑《ほほえ》みかける。私のために怒ってくれている彼が愛おしくて。

「そんなことは忘れましょう。それより……」

私は振り返って貴さんに抱きつくと、甘えるように目を合わせた。

心配そうな目をしながらも、貴さんは私の意図を理解してくれたようだ。熱いキスを落として、私をベッドに誘った。

古民家のものより広いベッドの上で、貴さんに念入りに愛撫《あいぶ》された。

彼の手に触れられるだけで、痺《しび》れるような快感が身体中に広がる。

彼に甘く見つめられるだけで、喜びに胸が熱くなる。

(貴さんのことが好き)

そう思えば思うほど、私は彼のそばにいてはいけないと感じた。

そんな考えを振り払うように、私は両手を広げた。

「貴さん、来て……」

ゴクリと喉仏を動かした彼は、ゆっくりと私の中に入ってきた。

貴さんの背中にしがみついて、彼で満たされるのを感じる。

「あぁ……」

甘い吐息をつく。視線を上げると、少し眉根を寄せた艶っぽい顔が目に入った。

「気持ちいい?」

「あぁ、とても。あかりは素敵だ」

なにげなく聞くと、蕩《とろ》けるような笑みが返ってきた。胸がいっぱいになる。

「動くよ」

「う……ん、あっ、ぅん……」

貴さんが腰を動かして、私のいいところを擦る。

付き合い始めてから何度も身体を重ねて、隅々まで弱点を知られていた。

全身で彼を感じるうちに、もうなにも考えられなくなった。


甘く抱かれたあと、私はぎゅうっと貴さんに抱きついた。ほのかにただよう紅茶の香りを吸い込む。

大好きになってしまったこの人のことを、ずっと覚えていたいと思った。

きっと最初で最後の男の人になるから、簡単だ。

(今夜を最後にしよう)

明後日からリゾート開発の実働部隊がやってくるらしい。その人たちに引き継ぎをしたら、貴さんは東京に戻る。

それでお別れだ。

「あかり、僕と家族になろう。僕がそばにいるから。君を守るから」

ポツリと貴さんがつぶやいた。

父のことを気にして、守ると言ってくれているのだろう。彼の優しさに、胸が詰まる。

「………」

泣きそうになって、彼の胸に顔をうずめた。そうしないと、うなずいてしまいそうだった。

(そうなりたい。でも、なれない……)

私はなにも言えなかった。

貴さんは切なげに私を抱きしめた。

○●○

「うわっ」

翌日、古民家に戻ってガラガラと格子戸を開けると、ハサミムシに迎えられた。貴さんはそれを見て飛び上がった。

向こうもびっくりしたように、逃げていく。外に出すためにすぐに追いかける。

「よし、もう大丈夫ですよ」

「あぁ、すまない」

「いいえ〜」

声をかけると、貴さんは眼鏡のブリッジを押し上げて、表情を取りつくろった。

その澄《す》まし顔がおかしくて、つい笑ってしまった。貴さんも目もとを緩める。

(でも、こんなやり取りもあと少し……)

自分で決めたくせに、今から胸が痛くて苦しくて仕方がない。

のんびりと過ごしたその日の夜、私は貴さんに言った。

「お話があります」

居間で私の向かいに座っていた貴さんは、長いまつ毛を揺らした。

憂いを帯びた瞳は、私がなにを言おうとしているのかを察しているようだった。

「明日から専任チームの皆さんがここにいらっしゃるんですよね？　だから、今日、ここで別れましょう」

「あかり……。どうしても僕には一生を預けられないか？」

手を握《にぎ》られ、必死な目を向けられて、心が痛む。

「違います！　貴さんの問題じゃないんです。私では貴さんの迷惑になるから……」

「迷惑？」

私の言葉に貴さんが目をすがめた。

「迷惑ってなんだ？　僕があかりを迷惑に思うわけがないだろ！」

「でも、私の存在は貴さんの足を引っ張ります」

「そんなことはない！」

「あります！」

「僕の父のことが気になるというのなら、本当に國見コーポレーションを辞めてもいい。個人資産はそれなりにあるから、君に負担をかけることもない」

「ダメですよ、そんなの」

私のためにそんなことをしてほしくはない。

私の生まれのことでなにか言われるのを恐れているのではない。私と結婚することで、貴さんの評判が落ちるのが怖いのだ。

「貴さんは倒れるほど今まで頑張ってきたんでしょ？　私のためにそれを捨てるのはダメですよ。それに貴さん、仕事好きでしょ？」

彼の仕事ぶりを見ていて、リゾート開発の仕事を嫌々やっているとは思えなかった。

クスノキを天然記念物に、と須藤さんを口説いていた時など、むしろ熱意が感じられた。そして、私は仕事に一生懸命な彼を尊敬していた。

貴さんはやっぱり、それを否定できなかった。

「……でも、僕はあかりがいない生活なんて想像もできない」

私の手を握《にぎ》っていた彼の手が力なく離れていった。

額を手で押さえて、貴さんはうつむく。

「貴さんはこんなに素敵なんですから、いくらでもいい人がいますよ」

「君じゃないと意味がない」

「そんなことありません」

なだめるように言ったが、貴さんは首を横に振った。

絞り出すような声で言われた。

「好きなんだ、あかり！」

私を見つめる瞳に、グッと胸が詰まる。目頭が熱くなって、涙線が決壊しそうになるけど、冷静を装って答える。

「私も好きですよ。大好きです。でも、もうただの仕事相手に戻りましょう」

「……君は残酷だな。好きじゃないと言ってくれ。僕なんかに興味はないと」

「…………」

そんなこと、言えない。言えなかった。

私の考えが変わらないのを悟って、貴さんはふらっと立ち上がった。

「わかった……。僕のそばにいるとあかりがつらい思いをするんだな」

それは違った。昨日のパーティーのように、陰口は耐えられる。

ただ、同じものが貴さんに向けられるのが怖いだけなのだ。でも、それを言うわけにはいかない。

私が答えられずにいると、貴さんは暗い顔で自室に戻っていった。

ガタンと戸が閉められる。

涙があふれた。

第六章

「初めまして、國見コーポレーションの藤城《ふじしろ》です。本プロジェクトの主担当を務めます。こちらが、伊東《いとう》、副島《そえじま》、江藤《えとう》です」

「初めまして、本件を担当しております田中プランニングの佐々木です」

「同じく田中プランニングの緒方です」

翌日の月曜日、四人のメンバーが國見コーポレーションから派遣されてきた。

名刺交換をして、居間の座卓に座る。

とりあえずは住んでいたこの古民家を事務所代わりにして、プロジェクトを進めていくことになっていた。

さすがに、宿泊は駅前の小さなビジネスホテルや、別の民宿にするようだ。

プロジェクトが始動するため、緒方先輩も久しぶりにこの家に顔を出していた。

「早速ですが、今後の段取りについての打ち合わせを始めましょう」

貴さんが資料を配り、次々と指示を与えていく。

その手際の良さに感心しながらも、顔色の悪い彼のことが心配になる。

今朝、いつものように朝ご飯を作ってくれた貴さんは、端正な顔から血の気が引いていて、初めて会った時のようだった。

私たちは「おはよう」と挨拶《あいさつ》を交わした他は言葉少なに朝食を終え、仕事の準備をした。

「このあと、私が藤城たちに主要な場所を案内して、大まかな計画を伝えます。藤城たちはそれを持ち帰って、設計コンサルタントと基本構想を立てます。田中プランニングさんには随時お声がけしますので、ご対応いただければと思います」

（つまり、用がある時だけ呼ぶから、よろしくねってことね）

貴さんの言葉に、この仕事から締め出されたのを感じた。

「しかし、たか……國見副社長。ここのご案内は弊社の人間がしたほうがスムーズなのではないですか？」

同じように感じたらしい緒方先輩が言う。

貴さんは眼鏡をくいっと上げて、先輩を見た。

「すでに案内していただいたところは、私がすべて記憶しております。御社のお手間を取らせることもないでしょう」

久々の慇懃《いんぎん》無礼《ぶれい》ぶりだった。

そういえば、最初はこうだった。

緒方先輩は少し目を見張って、ちらっと確認するように私を見た。私は先輩に向かってそれでいいとうなずいた。別れた以上、接する時間を最小限にしたいのだろう。

重苦しいものが胸の中に広がる。それに気づかないふりをして、事務的に返事をした。

「承知いたしました。それでは、私たちは社におりますので、なにかございましたら、ご連絡ください」

なにか言いたげな先輩を促し、私たちはその場を辞した。

「なぁ、どういうことだ？　付き合っているんじゃないのか？　仲良くパーティーに行ったんだろ？」

徒歩で会社に向かいながら、早速緒方先輩が尋ねてくる。

先輩にはあれこれバレているので、隠すこともできない。放っておいてほしいのにと思いつつ、しぶしぶ口を開いた。

「もう別れました。もともと先がない関係だったんです」

「はあ？」

立ち止まった緒方先輩が、鋭い目で睨《にら》んでくる。

「なんだよ、それ！　なに中途半端なことしてんだよ！」

「なんで先輩が怒るんですか！　余計なお世話ですよ」

私は顔をしかめた。本当にこの人はいちいち構ってくる。

不機嫌そうな顔で、先輩は私の頬をつついた。

「イラつくからだ。そんなひどい顔をするくらいなら、さっさと貴さんのプロポーズを受ければいいじゃないか」

「貴さんとは結婚できませんよ。次元が違うって、とことん実感しました。私ではお荷物にしかならない……」

「お荷物って、誰目線だよ。貴さんがそう言ったのか？」

「そんなわけありません！」

「だったら、いいじゃん。かわいそうにな、貴さん。わけがわからない理由でフラれて」

そんなことを言われると、本気で泣きたくなる。唇を噛みしめて耐えた。

「……もう、本当に余計なお世話です。先輩には関係ないでしょ！」

「関係ある！」

「なんでですか！」

「お前が好きだからだよ！」

「えっ？」

言い合いの末、怒鳴るようにそう言われた。聞き間違いかと思って、先輩をまじまじと見る。

年中、日に焼けたその顔は、赤らんでいた。

(えぇー、嘘でしょ？)

「くそっ、言うつもりなかったのに……。だけど、お前があいつと別れたと言うなら、俺も対応を変える」

「えっ？」

グッと腕を引き寄せられて、顔が近づく。

鋭く熱い目に射抜かれる。

「ずっとお前が好きだった。俺と付き合ってくれ」

「えぇーっ！」

予想もしないことを言われて、パニックになる。

（緒方先輩が私を好きって、どういうこと……？）

にわかには信じられないが、まっすぐな言葉なので誤解しようもない。先輩の目はこの上なく真剣だ。

笑って『バーカ、嘘だよ』と言ってくれるのを期待したけど、緒方先輩は発言を撤回しなかった。

「貴さんが別世界の人だって言うなら、俺はバッチリお前と同じ世界の人間だろ？」

「そういうことじゃ……。ごめんなさい。先輩をそういう目で見たことがなかったので……」

「じゃあ、これから見ろよ」

「いいえ、もともと私は誰とも恋愛するつもりはなかったんです」

なのに、貴さんを好きになってしまった。

「前にもそんなことを言ってたが、なんでだ？」

探るようなまなざしで顔を近づける先輩に、私は身を引こうとした。でも、掴《つか》まれた腕に阻《はば》まれて下がれない。

先輩は、言い逃れは許さないとばかりに手に力を入れた。

道のど真ん中でこんなことを話している私たちはどう思われるだろうか、と気になって、私は手短に説明した。

「もともとは男の人に頼らずに生きていきたかったからです」

「はっ？　頼ることのなにが悪いんだ？」

まったく理解できないとばかりに緒方先輩は鼻を鳴らした。

(先輩からしたら、そうなんだろうなぁ)

きっと先輩は彼女をバリバリに甘やかしたいタイプだ。優しく囲って、頼られると喜んで。それを喜ぶ女の子は山ほどいると思う。

そんな先輩が、全然タイプが違う私を好きだなんて不思議だ。

「悪いとは言っていません。ただ私は、色恋沙汰に気持ちを掻《か》き乱されることなく、一人で生きていきたいと思ってきたんです」

今はそれより、貴さんの重荷になりたくないという気持ちのほうが大きいけど。

「すでに十分掻《か》き乱されてるように見えるけどな」

あきれたように言われて、その通りだと気づかされる。

これではずっと見てきたお母さんの様子と変わらない。

それでも、貴さんと付き合った三週間は幸せだったし、付き合ったことを後悔もしていない。

(あれ？　私はなにをこだわってたんだろう？)

思わず、答えを探すように緒方先輩を見てしまった。

いつの間にか私の中で恋愛に対するイメージが変わっていたようだ。

先輩は苦笑した。

「今の状態で、お前は心安らかに暮らせるのか？」

「……もう、違うかもしれません」

私は貴さんを知ってしまった。すぐに忘れられるような恋ではない。むしろこの思い出をずっと覚えていたいと願っている。そんな私は貴さんを想って、恋しくて苦しくて、でも、一人のまま生きていくんだろう。

幸せだった記憶を抱えていても、それはとてもつらいものだと想像できた。

そうだとしても、貴さんとは結婚できない。私の存在は、彼に迷惑をかけるから……

うつむいた私に聞かせるともなく、先輩がつぶやいた。

「敵に塩を送ったかな」

「えっ？」

「いや、なんでもない。よく考えろということだ」

パッと手を放し、先輩は会社に向かって歩き始めた。

私はその後ろ姿をぼんやりと見送った。

○●○

それから十日経った。週末からはゴールデンウィークが始まる。その間、実家に戻った私は、貴さんと顔を合わせることはなかった。

担当の藤城さんからは問い合わせがたびたびあったので、対応したけど、そこに貴さんはいなかった。彼がどうしているのかもわからない。当初言っていた三ヶ月は過ぎているから、もう東京に戻ったのか、それとも引き継ぎでまだここにいるのかすら。

そして、私はそれを聞くこともできなかった。

前は貴さんと私で進めていた開発の話が、知らないところでどんどん進んでいき、その分貴さんが遠くなっていく気がした。


緒方先輩はというと、告白してきたのが嘘のような態度だった。あまりに普段通りにふるまうから、私は拍子抜けした。

貴さんに心を残している私に気を使ってくれているのかもしれない。

実家はこの三ヶ月あまりで、すっかり近藤さんと母二人の生活リズムができあがっていた。幸せそうな二人を祝う気持ちはあるけど、そばにいるのはちょっとつらかった。

だから、ゴールデンウィークの間に引っ越すことにした。

(もっと早くから探しておけば良かった)

そうしなかったのは、貴さんへの未練だった。結局、彼のそばにいたかったのだ。

緒方先輩と話してから、いろいろなことを考えた。気がつくと、貴さんと過ごす未来を思い浮かべていた。

来生さんや國見社長の蔑《さげす》みには耐えられる。

お父さんみたいに、すり寄ってくる人たちはきっぱり拒絶すればいい。

(あと貴さんの足を引っ張らないためには、どうしたらいい？　貴さんの心を支えられたら、私でも役に立てる？)

さんざん逃げておいて、今さらなことが四六時中頭の中にあった。

貴さんはもう私に見切りをつけたかもしれないというのに。

そんなことばかり考えていると、緒方先輩から電話がかかってきた。

「佐々木！　貴さんが倒れた！」

私は言葉を失った。

第七章

「貴さんが倒れた⁉」

ざっと血の気が引いた。

目の前が真っ暗になる。

目を閉じた貴さんの顔が浮かぶ。体温のない綺麗な人形のような……

(嫌だ！)

強くそう思った。

本当に失うかもしれない状況になって、初めて気づく。

なんで貴さんの手を放してしまったんだろう？

どうしてそばにいて彼を支えてあげなかったんだろう？

評判を傷つけたくない、だなんて、そんなこと二の次で良かったのに。

「……佐々木、佐々木！　聞いてるか？」

緒方先輩の呼びかけに、ハッとする。

「は、はい！　それで、貴さんは？」

「幸い、すぐ意識を取り戻したそうだ。だけど、原因はわかっているからと、病院に行くのを拒んでいるらしい」

「今どこにいるんですか？」

「あの古民家で休んでるって」

居ても立ってもいられなくなって、会社を早退して古民家へ急いだ。

（貴さん、貴さん！）

頭の中は彼でいっぱいで、他になにも考えられなかった。

ただただ早く彼に会いたかった。無事を確かめたかった。


ガラガラガラ。

すっかり慣れた感触の格子戸を開ける。

バタバタと中に入り、貴さんの部屋の扉をノックした。

応答がないことがさらに不安を煽《あお》り、私は慌てて扉を開ける。

そこにはベッドに横になって目を閉じている貴さんがいた。

十日ぶりの貴さんは相変わらず綺麗で、血の気のない顔は良くできた彫刻《ちょうこく》のようだった。

（生きているよね？）

作り物のような美しい姿に、思わず駆け寄って彼の手に触れた。

（良かった。温かい）

でも、近くで見た彼の顔はやっぱり青白く、ひどいクマができていた。その姿は誰の目から見てもやつれていた。

「貴、さん……」

ぶわぁっと好きな気持ちが膨《ふく》らんで、胸が痛くなる。愛しさでいっぱいになる。

この人のためなら、なんでもしてあげたいと思った。

「……あかり？」

眠ってはいなかったようで、貴さんが目を開けた。

ぼんやりと私を見つめる。

ここに私がいるのが不思議だという顔をするので、説明した。

「貴さんが倒れたと聞いて、びっくりして来たんです。大丈夫ですか？」

手を握《にぎ》ったまま、その場に腰をかがめる。

貴さんはパチパチ目を瞬《また》いてから、私であることを確かめるかのようにじっと見た。

「あぁ、問題ない。心配かけてすまない」

「そんなに忙しいんですか？」

貴さんは私の手から手を引き抜き、ふいっと目を逸《そ》らした。

「そんなんじゃない。……その気もないのに、優しくしないでくれ」

どうやら過労じゃないらしい。

（……だとしたら）

彼が倒れた理由に思い当たった。

不眠だ……

自惚れているようだけど、もしかして私のせいなの？

倒れてしまうほど、私のことを思ってくれていたの？

不器用で一途な貴さんに胸が絞めつけられる。

(彼のそばにいたい！)

猛烈な思いが込み上げた。

「貴さん……」

「悪いが、放っておいてくれ」

そう突き放されるけど、私はもうこんな状態の彼を放っておけない。

もう一度、貴さんに手を伸ばそうとした時――

ポトン。

布団にクモが落ちてきた。

「うわっ」

貴さんは飛び上がって、私に抱きついた。クモも驚いたようで、ピョンと跳ねて逃げていった。

それを二人で見送ると、「はあ」と貴さんが溜め息をついて身体を離した。

かけてない眼鏡を直すしぐさをして、それに気づいて、肩を落とす。

「僕は本当に情けないな。君が愛想《あいそ》を尽《つ》かすはずだ……」

落ち込む貴さんが愛しくてたまらなくなり、今度は私が彼を抱きしめた。

「そんなことありません！　私はそんな貴さんが……」

もう重荷になるとかならないとか、考えていられなくなった。

（貴さんがどうしようもなく好き。彼を離したくない！）

迷惑をかけるかもしれないけど、それ以上にこの人を隣で支えよう。素直になろう。だって、どうしてもそばにいたいから。

覚悟が決まった。

「あかり？」

私に手を回していいのか、貴さんがためらっていた。

そんな彼の頬を引き寄せ、見つめた。

「貴さん、私の存在があなたを傷つけることがあるかもしれない。だけど、私はあなたと結婚したいです」

「………っ！」

貴さんはこれ以上ないというほど、目を見開いた。

信じられないというような表情で、おそるおそる私の頬に手を添えて、確かめる。

「すまない、もう一度言ってくれないか？」

「私の生まれのことで嫌な思いをさせたり、会社での立場も悪くなったりするかもしれない。それでも良ければ、私と結婚してください。私はあなたのそばにいたい。貴さんと人生をともに歩みたいんです」

一息でそう言うと、貴さんの瞳がみるみるうちに輝いた。その美しい顔はとても幸せそうで、こんなに私との結婚を喜んでくれる彼が愛しくてかわいかった。

「あかり！　嫌な思いをするはずないじゃないか！　君がそばにいてくれるなら、僕はなんでもできる！」

叫んだ貴さんはむちゃくちゃにキスをしてきた。

頬にまぶたに額に口に。手当たり次第に口づけてくる。

その余裕のない様子に、本当にこの人は私が好きなんだなと胸が熱くなる。

キスの嵐が収まると、貴さんは私をギュッと抱きしめ、肩口に顔を押しつけた。

「あかり、ありがとう……」

感極まったようで、細かく身体を震《ふる》わせる姿に、私まで泣いてしまいそうになる。

しばらく抱き合ったあと、顔を上げた貴さんは照れくさそうに目もとを拭《ぬぐ》って、また唇を重ねた。

今度は落ち着いた、触れるだけのキス。

唇が離れて目が合うと、また引き寄せられるように唇を合わせる。そうして、私たちは何度もお互いを確かめ合った。

トサッ。

押し倒されて、熱い瞳で見つめられる。

「た、貴さん。倒れたばかりなんですから休まないと」

慌てて止めると、貴さんは拗《す》ねた顔をした。大人の男の人なのに、かわいくてずるい。

「じゃあ、せめて一緒に寝てくれ」

うるうるした瞳で懇願《こんがん》されて、とても拒むことはできなかった。

仕方ないなと笑って、以前のように添い寝することにした。離れていたのは十日間だったのに、心理的にはもっと時間が経っている気がして、懐かしく感じる。

私を腕に抱きしめて、安心したのか限界だったのか、ほどなく貴さんは寝息を立て始めた。

起こさないように、そっとその髪をなでた。

(愛しい私の恋人……)

穏やかな顔で眠る彼を私は飽《あ》きずに眺《なが》めた。


そのあとすぐ、私は緒方先輩に報告をした。

「先輩、ごめんなさい。私、やっぱり貴さんと結婚します」

「そうか。まぁ、そうなると思ってた。良かったな。貴さんはいい男だもんなぁ。俺もスッキリしたわ」

「先輩もいい男ですよ？　口うるさくなければ」

「お前が言うな！」

「あはは、すみません」

緒方先輩はそう言って祝ってくれた。

茶化しちゃったけど、こちらに気を使わせない優しさを持つ先輩は、本当にいい男だ。

すごく申し訳ないと思うけど、いつも通りに接してくれるのに甘えて、私もいつもの生意気な後輩のフリをした。


予定通り、連休の間に私は引っ越しをした。私の荷物を片づけながらも、私たちは仲良く過ごした。そして休みが明けると貴さんはここでの仕事が終わったと拠点を東京に戻した。その代わり、週末はこっちに来てくれて、私の部屋に泊まった。

負担が大きいのでは、と心配したけど、貴さんは「僕がここに来たいんだ」と言い張った。

「あかりとここで過ごすことに意味がある。ダブルで癒《いや》されるからな」

貴さんは本当にこの天立市を好きになってくれたようで、うれしい。もちろん、彼が私に負担をかけないようにしてくれていることも感じていたけど。

彼の変化はそれだけでなく、私が作ったご飯を食べてくれるようになった。金曜の夜、貴さんがうちに来てから料理していては食べるのが遅くなる。だから必然的に私が夕食を作って待っていることになったのだ。


一人暮らしの小さなアパートの部屋には実家で使っていたシングルベッドをそのまま持ってきたので、二人で使うには少し狭い。

今みたいに抱き合って寝ころぶ分にはいいけどね。

「もっと大きなベッドを買えば良かったです」

「いや、いい。こうやってあかりとくっついていられるから」

そう言って、貴さんは鼻を私の首もとにすりつけた。大型犬のようなかわいいしぐさに、私はふっと笑ってその髪に指を通して梳《す》いた。

貴さんが顔を上げ、目を細める。

美形の甘い上目づかいは破壊力が半端ではなくて、心臓を撃《う》ち抜かれる。

「あかり、僕を選んでくれてありがとう。君がいるから、僕は頑張れる」

そう言ってキスをくれた貴さんは、実際大活躍だった。

お父様を説得して、役員会を黙らせるだけの実績ができたら私との結婚を認める、という言質を取ったらしく、精力的に活動を始めた。

もともと優秀な人がやる気になるとこんなにも違うんだ、と感心する。次々と大きな商談をまとめたり、役員会で前から温めていた提案をしたりして、味方を増やしたそうだ。

「役員の大半の支持は得られたんだ。それで父に念押しをしたら、渋い顔ながらうなずいてくれたよ」

貴さんは誇らしげにそう話した。

「あんなに猛反対していたのに、すごいですね」

「半分、脅したからな。僕には後を継がないという選択肢もあると」

「やっぱりお父様は貴さんに継いでほしいんですね」

「というより叔父に負けたくないんだろうな。だから、僕が従兄に勝っている間は、文句を言わないだろう」

相変わらず、殺伐とした環境の中にいるらしい。

「そんなの、疲れませんか？」

心配になるけど、彼は甘い瞳を私に向けた。

「あかりがいれば、なんでもできるって言っただろ？　自分でも驚くほど力が出るんだ。だから大丈夫だ。安心してくれ」

「はい！」

頼もしい彼の言葉に、笑みがこぼれる。微笑《ほほえ》み返してくれた貴さんと抱き合ってキスをした。幸せな気持ちに満たされて、彼の胸に頭を預ける。

ふと言っておかないといけないことを思い出して、顔を上げた。

「そういえば、私、結婚しても働いていたいんです」

「いいじゃないか。國見グループの企業であれば選り取り見取りだ」

貴さんはあっさりうなずいてくれたので、ほっとする。でも、貴さんの妻だからという理由で、その関連企業で働くのは嫌だ。

「いいえ。万が一、離婚しても一人で生きていけるように、グループ企業には就職しません」

「離婚前提で考えるなよ……」

少し涙目になった貴さんの背中を、なだめるようになでる。

「万が一ですよ。貴さんが他の人を好きになっちゃうことだってないとは限りませんし」

自分で言って、心が痛い。

それを聞いた貴さんは本気で怒った。険しい表情で怖いくらいの勢いで。

「そんなことあるわけないだろ！　まだ僕が信じられないのか⁉」

「……ごめんなさい。自分に自信がないだけなんです。貴さんの周りには、来生さんみたいにゴージャスな美女がいっぱいいいそうですし」

私は目を伏せてすぐに謝った。貴さんを疑うような言い方になってしまって、心から申し訳ないと思った。そんなつもりは一切ない。彼のそばで生きていくと決めた気持ちが揺らぐこともない。ただくせで予防線を張ってしまっただけだ。

そんな私の髪を、表情を緩めた貴さんがなでた。

「あかり以上に魅力を感じた人はいないよ。僕はあかりしか目に入らない。自信を持ってくれ」

生真面目な顔で甘いことを言われて、顔がほてる。初めは彼の言葉がきついと感じることもあったけど、飾らず本心で言っているだけなのだと今はわかる。

熱くなった頬をなでられ、唇の輪郭を親指で辿《たど》られる。

「そんなことを思うということは、どうやらもっと僕の本気を思い知ってもらわないといけないみたいだな」

「えっ？」

すがめられた綺麗な目から色気がこぼれ落ちて、ゾクッとする。

貴さんの手が私の身体をなで下ろし、モコモコのパジャマの裾《すそ》をまくり上げた。

「あっ……」

露出した胸の先端を、とびきり整った顔の人が食《は》む。

その光景にギュンとお腹の奥が疼《うず》いた。

胸をこねられたかと思ったら、今度は反対のほうに吸いつかれる。

いきなりの快感に喘《あえ》ぎ声が漏れた。

私の身体はすっかり貴さんに慣らされてしまっていた。こうして胸を弄《いじ》られるだけで、とろとろと蜜が滴《したた》ってくるのを感じる。

「ああんっ！」

チュッと乳首を引っ張るように吸われると、腰が浮く。

口を放した貴さんに指で先端をコリコリと擦られて、私は身をくねらせた。

気持ちよすぎるのと、下半身がじれったいような感じがするのとで、たまらず太ももをすり合わせる。

それに気づいた貴さんの長い指がクロッチ部分をなでると、くちゅっと音がした。

一瞬で濡《ぬ》れてしまったことに気づかれて、恥ずかしくて、顔が熱を持つ。

「あかり、かわいい」

耳もとで笑った貴さんの息がくすぐったくて、私は身体を揺らした。

何度かクロッチをなでられると、濡《ぬ》れたショーツが割れ目に張りつく。

その上のぷくりと膨《ふく》らんだところを指で押さえられて、「はぅ」と変な声が出てしまう。円を描くようにゆるゆると触られると、身体が震《ふる》えた。

貴さんの手がお尻をなでるようにして、ショーツを引き下ろす。

脚からショーツを抜いた貴さんが私の膝裏に手をかけて、開かせた。

「やっ……」

大事なところが丸見えになって恥ずかしがる私を、艶っぽい目が見下ろす。

次にされることを期待したように、ぴくりと脚の間が反応した。そこに唇が下りてくる。

「あ、あああ」

指で弄《いじ》られていたところを、今度は舌で舐《な》められる。

恥ずかしいのに、気持ち良くて仕方がない。

(とてつもなく綺麗な人が、私のこんなところを舐《な》めているなんて！)

倒錯的な喜びに脳が痺《しび》れる。私は貴さんの髪をなで回し、与えられる快楽を逃そうとした。

そんな私に構わず、貴さんは舌を動かしながら、指を蜜壷に差し込んだ。

「うんんっ」

指を出し入れされ、倍以上に膨《ふく》らんだ快感で頭がくらくらする。

繰り返されるうち、目の前に火花が散って、果てた。

荒い息を整えながら、ぐったりとシーツに沈み込む。

(でも、まだ足りない……)

身体は休息を求めていたけど、それ以上に貴さんを求めていた。

「貴さん……」

早く彼を欲しくなって、ねだるようにその名を呼ぶと、指を抜いた貴さんは手早くゴムをつけ、私の中に入ってきた。

硬く大きくなった彼のものが私の隙間をぴったり埋める。私は幸せでいっぱいになって、貴さんの背中にしがみついた。

「あかり、愛してる。僕が君を捨てることは絶対にない」

言葉とともにキスをくれた貴さんに応えて、腰を揺らし始めた。

お互いを高め合うように身体を擦りつけて、二人の世界に没頭する。

覚悟を決めたら、とびきりの幸せが手に入った。それがかえって怖く感じることもある。

それでも、夢中になって私を求めてくる貴さんに愛を返したいと思う。

腰を打ちつけられて、深いところまで満たされる。

心も身体の隅々までも、多幸感で埋め尽くされる。

「あっ、ん……、きもちいっ、ああっ……貴さん……愛してる」

うわごとのように愛の言葉を繰り返す。

「あかり！」

抽送が激しくなった。

貴さんに全身を揺さぶられる。

「あかり、僕も愛してる！」

言葉とともに奥を突かれて、あまりの気持ち良さに、私は背を反らして達した。

きゅうっと彼を締め上げると、その刺激で貴さんも果てたようだ。ビクッビクッと彼が震《ふる》えたのを感じた。

貴さんが私を抱きしめる。汗ばんだその背中に手を回して心地よい体温を感じながら、つくづく思った。

（こんなに愛おしい人ができるなんて嘘みたい）

ゴムを外した貴さんは新しいものに付け替え、また私の中に入ってきた。

もう十分彼の愛は伝わったのに、「まだまだ伝え足りない」と。

二度三度と身体を貪《むさぼ》られ、彼の愛を教え込まれた。


身づくろいした貴さんが「そうだ」とカバンから小さな箱を取り出した。

まだぐったりベッドに横たわっていた私を抱き起こす。

「今ならもらってくれるだろう？」

差し出された箱を開けると、綺麗な指輪が入っていた。

真ん中の大きいダイヤの左右にメレダイヤが三つずつ三角形に配置されていて、プラチナがそれを繊細に挟んでいる。

「素敵！」

思わず、声が漏れた。

貴さんがうれしそうに微笑《ほほえ》む。

「いつの間に用意したんですか？」

「最初にプロポーズした時に」

「えぇー！　私がプロポーズを受けなかったら、どうするつもりだったんですか？」

「ただ、しまい込まれたままだったよ。クモの巣が張っていたかもな」

「もうっ、そんなもったいないことをしないでください」

「君が受け取ってくれたから、無駄にはならないよ」

そう言った貴さんは改まった顔をした。

「あかり、僕と結婚してください。幸せにするから」

何度目かのプロポーズ。

うれしいけど、それは私の望んだ言葉ではなかった。

「貴さん、私はしてもらわなくても、勝手に幸せになりますから」

そう言うと、貴さんはちょっと黙った。

(こういうかわいげがないことばかり言っていたら、貴さんに愛想《あいそ》を尽《つ》かされるかしら？)

少し不安がよぎる。

でも、これが私だ。誰かになにかを頼るんじゃなくて、自分自身で掴《つか》み取りたい。

なにか考えていた貴さんは、正解を見つけたとばかりに顔をほころばせて、私を見た。

「やり直す。僕と結婚してください。一緒に幸せになろう」

「はい！」

私も笑みがこぼれた。

（貴さんはわかってくれている！）

うれしさがあふれて、貴さんに飛びついた。

「貴さん、好き！」

「僕もあかりが好きだ。愛してる。誰よりも」

私の気持ちに、何倍もの熱い愛の言葉が返ってくる。

貴さんが薬指に指輪をはめてくれた。

手をかざすと、キラキラ光る指輪も貴さんの愛を伝えてくれているみたい。これからずっと一緒だという証拠のようで、幸せで目がうるんでくる。

貴さんを見上げると、彼の瞳にも光るものがあった。

（愛おしい）

ギュッとお互いを抱きしめた私たちは唇を合わせた。

後日談　結婚のこと

貴さんとの結婚を決めた私は、退職を考え始めた。

まだ日取りなどは決まってなかったけど、週末ごとに東京から三時間かけて来てくれる貴さんの負担を考えると、早く東京に行ってあげたかったのだ。

もちろん、悩みに悩んだ。

貴さんは「せっかくだから、開発の過程にも携わりたいだろう。落ち着いてからでいい」と言ってくれた。でも、リゾート開発には何年もかかる。

今の仕事には正直、未練はあったけど、それよりも貴さんのそばにいたいという気持ちのほうが大きくて、本格的に始動する前にと思って、決断した。

一人で生きていきたいと思っていたはずなのに、人は変わるものだ。

悩んだ末に、田中社長に退職の相談をした。私たちの関係はとっくに知られていたようだけど、「こんなに早いとは思ってなかった」と驚かれた。

「佐々木さんがいなくなると困るなぁ」

社長にそう言われて、さみしいような誇らしいような気分になる。

ちゃんと頑張って働いていたのを認められていたんだと。

この職場は気のいい人が多くて居心地が良かった。割と自由にやらせてもらったし、仕事も本当に好きだった。

「私の勝手でご迷惑をおかけします」

しんみりした気持ちで頭を下げると、社長はニヤッと笑った。

「でも、これも僕が君をプロジェクトリーダーにしたおかげじゃない？　感謝してよね」

「確かに！　それがなかったら、結婚とか考えませんでしたね。ありがとうございます」

「ハハハッ、冗談だよ。結婚おめでとう。良かったね。佐々木さんならどこでもやってけるよ」

社長はほがらかに笑って、祝ってくれた。

私も貴さんと結婚することは心からうれしいと思っている。

でも、社長にそう言ってもらえて、ほっとした。


仕事を調整して退職日を決めた。引き継ぎは緒方先輩にすることになった。

先輩は大きな仕事が片づいたところだったから、比較的手が空いていたのだ。

「お前から教わることになるとはなぁ」

緒方先輩が感慨深げに言った。

担当していた天立市のことは、いつの間にか前任者の緒方先輩より詳しくなっていた。やりがいのある仕事だったとしみじみしながら、丁寧に引き継いでいく。

緒方先輩に引き継ぎをしたと話したら、貴さんがちょっとヤキモチを焼いていた。

転職活動をしようと思っていたら、なんと田中社長が知り合いに口を利いてくれた。

主に自治体の地域振興事業を請け負っている企画運営会社で、今までの経験が活かせる有難《ありがた》い職場だ。

面接を受けた私はそこに採用されて、働けることになった。

「本当にありがとうございます！」

「いやいや、前にいい人材いないかなって言っていたのを思い出してね。お役に立てて、良かったよ」

もう田中社長には足を向けて寝られない。


引き継ぎが終わった私は、田中プランニングを辞め、東京に引っ越した。

住まいを決めるのに、貴さんといろいろ見て回ったところ、彼が住んでいるマンションのファミリータイプが空いたというので、そこにした。

都心でどこに行くにも便利な割に、意外と緑が多く落ち着いた街で、貴さんが住みやすいと言っていたからだった。

実際、近くにおいしいパン屋さんやオシャレなカフェ、高級スーパーはあるし、桜並木で有名な川もあった。何度か泊めてもらった時に、新緑の眩《まぶ》しい中を貴さんと手を繋いで散策して心地よいところだった。

家賃がとんでもなく高いという以外は、なんの不満もなかった。

支払いでちょっと揉《も》めたけど、貴さんがさっさと購入して、強制的に議論を終わらせてしまった。

金銭感覚が違いすぎていて、笑うしかなかった。


母に貴さんのことを全然話してなかったから、「結婚したい人を連れてくる」と言うとびっくり仰天していた。

「良かったぁ。私のせいであかりちゃんが男嫌いになっちゃったんじゃないかって、心配してたのよ」

涙ぐむ母に、申し訳なく思う。

私の考えを話したことはなかったけど、たぶん、態度の端々に表れていたんだろう。

「で、どんな人なの？　どこで知り合ったの？」

興味津々で聞いてくる母は、恋バナ好きだった。

「あのね、今回の仕事先のね……」

照れながら貴さんのことを説明したら、母がふっと顔を曇《くも》らせた。

「あかりちゃんはしっかりしてるから大丈夫だと思うんだけど、そんなすごい人とうまくやっていける？　ご家族は反対してないの？　もちろん、私は応援するけど」

私を窺《うかが》うように母が聞いてくる。

（そうよね、不安よね。まず、そう思っちゃうよね）

安心させるように母に笑って返した。

「大丈夫。さんざん悩んで、貴さんともいっぱい話し合ったの。彼のお父さんにも認めてもらっているわ。お母さんは亡くなられてて……」

心配させないように、國見社長に反対されていたことは言わなかった。

「そうなの。だったら、良かったわ。あかりちゃん、おめでとう」

ほっと息を吐き、母はにこっと笑った。私も肩の力が抜けた。

「ありがとう。それでね、結婚に備えて、東京に出ようと思うの」

「えっ、東京に？　結婚前に？　そっか、東京の人だものね……」

母は驚いたように聞き返したあと、さみしそうにつぶやいた。

ずっと二人で暮らしてきたから、母をここに残していくのは私も心残りだ。でも、先日、母と近藤さんは入籍した。母にはもう近藤さんがいる。

「私は私で東京で幸せに暮らすから、お母さんはここで近藤さんとラブラブ暮らしてね」

茶化すと、「もうっ、からかわないで」とお母さんは膨《ふく》れた。

「だけど、近藤さんがお母さんのそばにいてくれると思うと安心だわ」

「私のことはいいのよ。それより、あかりちゃん、つらくなったら、いつでも戻ってきていいのよ？」

まだ貴さんに会ってもいないのに、東京に行ったあとのことを母が言うから、私は苦笑した。

「もう、お母さん。まだなにも始まってないのに」

「そういえばそうね。なんかもう、あかりちゃんがお嫁に行っちゃった気になってた」

「気が早すぎるわ」

二人で顔を見合わせて、大笑いした。


貴さんが来る日、彼を家に連れていく間に、あらかじめ断っておいた。

「古い家でびっくりすると思いますが」

うちの家は古民家と違い、ただの古い日本家屋だ。

「そんなのはいい。あかりのお母さんに会えるのが楽しみだ」

濃紺の三つ揃いスーツを着た貴さんはそう言って微笑《ほほえ》んだ。

どこにも隙がないほど整えられた彼の正装は、輝くどころか目がくらむような眩《まぶ》しさだった。そこに笑みまでついてくると、破壊力がすさまじく、心臓が落ち着かない。

本当に私にはもったいないような人だと思ってしまう。だけど彼が甘く見つめているのは私だから、その瞳を信じることにする。


「ただいま〜」

「おかえり。いらっしゃい、遠いところから……」

にこやかに出迎えてくれた母が、私の後ろにいる貴さんを見て、絶句した。

無言で袖を引っ張られて、こそこそと耳打ちされる。

「ちょっと、あかりちゃん、結婚詐欺とか騙されているとかじゃないわよね？」

「まさか！　正真正銘の國見コーポレーションの御曹司よ。仕事先で出会ったって言ったでしょう？　それに高級ホテルの創立パーティーにも出たんだから。私を騙すのに、そんな大掛かりなことはしないはずよ」

「それもそうね。……あかりちゃんがこんなに面食いだとは知らなかったわ」

「違うわ！　私が貴さんを好きになったのは顔じゃなくて、かわいらしいところよ！」

思わず大きな声で反論すると、母は大爆笑。貴さんは頬を染めて横を向き、眼鏡のブリッジを上げた。

(ほら、こういうところがかわいいのよ)

私も顔を赤くしながら思った。

「いつまでも玄関に立たせてないで、中に入ってもらったらどうだい？」

近藤さんが笑いながら、声をかけてきた。

「本当ね。失礼しました、國見さん。どうぞ上がってください」

「ありがとうございます」

お母さんが改めて声をかけると、貴さんが会釈《えしゃく》して、靴を脱いだ。

「初めまして、國見貴と申します。あかりさんと結婚を前提にお付き合いさせていただいています」

和室の居間で、きっちり正座をした貴さんは、美しく一礼した。

「あかりの母の近藤瑞穂です。こちらは夫の誠司《せいじ》です」

「近藤誠司です」

自己紹介すると、みんな緊張した面持ちで黙り込んだ。

「ちょっと、緊張しすぎよ」

「だって、お母さん、こんな美形だなんて聞いてなかったから」

「言ってなかったっけ？」

「そうよ。すごく好きだってことはわかったけど」

「ちょっと、お母さん！」

慌てて止めると、貴さんが表情を緩めた。

「仲がよろしいんですね」

「あぁ、そうなんです。この子が大きくなってからは女友達みたいなものですね」

「その仲のいい娘さんを東京に連れていくことをお許しください。私はあかりさんに一生そばにいてほしいのです」

真剣な目で貴さんが言い、頭を下げた。

はっと目を見張った母は、めずらしく硬い顔をして、貴さんを見返した。

「あかりは私の大事な大事な娘です。なにかあったら、すぐ戻ってくるようにと言っています。そんなことがないように、くれぐれもお願いします」

思いもよらない母の厳しい口調に、私はうろたえた。でも、貴さんはしっかり母の視線を受け止めて、大きくうなずいた。

「もちろんです。全力であかりさんを守り、二人で幸せを探していきたいと思います」

貴さんの答えを聞いて、母は満面の笑みを見せた。ぱっと緊張感が解ける。

「良かった。あかりちゃん、本当に素敵な人じゃない。改めておめでとう」

母に大切にされているのが伝わって、私は涙ぐみそうになった。それを隠そうと、おどけて言う。

「当たり前じゃない。私の選んだ人なんだもん」

貴さんと目を見交わして、私は笑った。彼も照れくさそうに眼鏡のブリッジを押して微笑《ほほえ》んだ。

それからは和気あいあいとおしゃべりをして、楽しい時間を過ごした。といっても、主にしゃべっていたのは母と私で、近藤さんと貴さんはそれに相槌《あいづち》を打つ感じだったけど。

夕食は貴さんと私で作って、母たちにふるまった。

貴さんのおいしい料理は大好評で、母はまた作りに来てねと言っていた。


「素敵なお母さんだな」

私の部屋に戻って落ち着くと、貴さんはそう言ってくれた。

「そうでしょ？　自慢の母親なんです」

しみじみ思って、胸を張る。

「あかりが魅力的に育つはずだ」

大真面目な顔でそんなことを言われて、かあっと顔が熱くなる。

（もう、不意打ちはやめて！）

「魅力的なのは貴さんのほうですよ」

照れ隠しに、そう言い返した。


そして、貴さんの誕生日の七月二十四日に、私は國見あかりになった。

結婚式は一年後だけど、入籍だけ先にしたのだ。

「本当にこの日で良かったんですか？」

「あぁ、最高の誕生日プレゼントだ」

貴さんはうなずき、喜びに満ちた笑顔を見せる。

区役所に婚姻届けを出したあと、ケーキを買って帰ってきた。

うれしそうな貴さんの背後に揺れている尻尾が見える。

「お誕生日おめでとうございます。プレゼントに私をあげます」

なんて恥ずかしいことを言って、私はかわいい旦那様に抱きついた。貴さんはさらに喜んで、私を抱き上げ、ベッドに運んでいった。

「じゃあ、早速いただこう」

「ちょ、ちょっと！　ケーキとか本当のプレゼントとか、まだです！」

まさか貴さんが乗ってくるとは思わず、私はジタバタと暴れた。でも、貴さんは構うことなく私をベッドに下ろして覆《おお》いかぶさってくる。

「そんなのはあとでいい」

眼鏡を取った貴さんが、チュッチュッと私の顔にキスを落としながら、どんどん服を脱がしていく。胸をふにふに揉《も》まれて、耳に齧《かじ》りつかれる。

そんな気分じゃなかったはずなのに、「あかり、愛してる」なんてつぶやかれると、じゅんと身体の奥がうるおい、早く彼が欲しくなってしまった。

私を裸にした貴さんは手早く自分も服を脱いでいく。

昼下がりの明るいうちなので、窓からの斜光に私たちの裸体が照らされて、はっきり見えていた。

「貴さん、カーテン閉めて。明るくて、恥ずかしいです……」

「僕はうれしい。かわいいあかりを全部見られて」

長いまつ毛の奥の瞳が私を見下ろす。

貴さんは身体もなにもかも綺麗だからいいですけど、と唇を尖《とが》らせたら、チュッとついばまれた。

「誕生日なんだから、あかりを堪能させてくれ」

そんなことを言われると、断ることもできなくて、ほてった顔でうなずいた。私の反応に貴さんが幸せそうに笑うから、本当に愛しくて仕方ない。

「ありがとう」

貴さんはそうささやいて、頬にキスをした。唇を横にずらして、耳に舌を這《は》わせる。

「ん、んっ」

くすぐったさに身をよじる。胸をやんわりと掴《つか》まれて、指先で尖《とが》った先をなでられた。

「あっ、やんっ」

首筋を舐《な》め下ろされて、乳首を摘《つ》ままれる。

快感に腰が浮くと、くくっと貴さんの機嫌の良さそうな笑い声が聞こえた。

キスしながら唇が下りてきて、胸のてっぺんに到達した。貴さんの形のいい唇が私の胸に吸いつくのを見て、恥ずかしさと気持ち良さに顔が上気する。

腰を滑《すべ》っていった手はお尻をするりとなでて、脚の間に回ってきた。

彼の指が割れ目を辿《たど》ると、くちゅりと音がする。

濡《ぬ》れているのが恥ずかしくて脚を閉じようとしたら、太ももを押さえて広げられてしまった。

秘部が昼の光に晒されて、頭が沸騰《ふっとう》する。

「た、貴さんっ！」

「綺麗だ」

さすがに恥ずかしすぎて抗議するけど、貴さんはそこから目を離さずつぶやいた。

「そんなわけないです！」

「本当だ」

生真面目な顔でそう言うと、貴さんは私の中心をぺろりと舐《な》めた。

「あんっ！　貴、さんっ、あぁっ！」

蜜を舐《な》め取るように舌を動かされて、嬌声《きょうせい》が止められない。

にゅるりと舌が中に入ってきて、膣壁を擦る。それだけで声がうわずるのに、花芽を指で押さえられると、ビクンと腰が跳ねた。

「ああん、あっ、ん、んんーーーっ」

貴さんの舌と指に翻弄《ほんろう》される。

私は足指を丸めて、のけ反った。バクバクと心臓が音を立てて、身体の力が抜ける。

私から離れた貴さんが手で口もとを拭《ぬぐ》う。そのしぐさがとんでもなく色っぽい。

「挿《い》れていいか？」

聞かれただけなのに私の中が震《ふる》えて、彼を欲しがっているのを感じる。

「来て、貴さん」

彼の首もとに抱きついてささやくと、貴さんが喉を鳴らしたのが聞こえた。

手早くゴムをつけ、熱くて硬いものが入ってくる。

私の中をみっちり貴さんが満たしていく、この瞬間が好きだ。

腕を緩めて、私を味わって快感に耐えているような貴さんの艶っぽい顔をうっとりと見上げた。

私の視線に気づいて、貴さんがハッとするほど美しい笑みを漏らす。

「あかり、素敵だ。君のなにもかもが愛おしい」

最大級の賛辞に胸が熱くなる。

「貴さんこそ、素敵すぎます。愛しい私の旦那様」

そう言ったとたん、ズンッと身体の奥を突かれた。

「あかり！　あかり！」

貴さんが私の名前を呼びながら、腰を打ちつける。

身体の奥から生まれた極上の快感が、脳を直撃する。

「あぁっ、んっ、はあっ、あっ」

余裕のない彼の動きに声を抑えられない。貴さんが私の両脚を持ち上げて自分の肩に乗せた。お尻が浮いて、繋がりがより深くなる。

腰を動かしながら、貴さんが熱い瞳で見つめてくる。

ぽた、ぽたっと貴さんの額から汗が落ちた。

貴さんが私に夢中になっているのを感じて、喜びがあふれる。

「あっ、貴さんっ、あん、あああ〜〜〜ッ」

喜びと同時に快楽も極まって、私は達した。

貴さんの背中が震《ふる》えて、彼も果てたのを感じる。

「あかり、愛してる」

力強く私を抱きしめ、貴さんが荒い息の中熱く伝えてくれる。

息が乱れてしゃべれなかった私は、ただ彼にしがみついた。

額を押し当て、目を合わせる。

「僕たち、結婚したんだな」

感じ入るように貴さんがつぶやいた。

「そうですね。これから、ずっとよろしくお願いします」

「あぁ、一生な」

私たちは見つめ合うと、何度もキスをして、甘い余韻に浸った。

後日談

三年後のこと

貴さんと結婚して三年経った年の冬、私たちは天立市の古民家の町並みを目にしていた。

年末年始の休みを利用して、旅行客としてやってきたのだ。

まだ開発途中だったけど、あのクスノキの近くに大型の温泉宿が完成したので視察を兼ねて来てみた。

明日はその温泉宿に予約を取っているけど、今日は懐かしいあの古民家に泊まる予定だ。

天立市自体には里帰りで来ていたが、じっくり古民家群の辺りを回るのは久しぶりだった。

もちろん、こうして観光客として来るのは初めてだ。


母のところに新年の挨拶《あいさつ》に行ってから、古民家群に来た。

受付になっている古民家で鍵をもらい、同居していた古民家に向かう。

古民家は、どれも白い漆喰《しっくい》の壁にこげ茶色の下見板張りという同じような外観だったけど、やっぱり同居していた古民家は馴染《なじ》みがあり、久々でも迷うことはなかった。

ここは私が計画していた通り、一棟貸しの古民家宿が何棟もできあがっていた。風情があると人気が出て、予約が取れないほどになっていた。

当時、手つかずだった古民家も整備されている。

私がいた頃とは違って町もにぎわっていて、観光客が楽しそうにそぞろ歩きしていた。

「懐かしいですね」

「そうだな」

慣れ親しんだ古民家の格子戸をガラガラと開け、中に入る。

吹き抜けの天井、ひんやりとした土間。黒光りしている太い梁《はり》、古い木の香り。

そして、クモも健在だった。

靴を脱いで上がり框《かまち》に足をかけた貴さんは、クモと対面して固まった。

「うわぁ」

次の瞬間、貴さんは大声をあげ、私に抱きついた。

これも懐かしいなぁと思いながら、かわいい旦那様の腕をとんとんと叩いてなだめてから、クモを追い出す。

「すまない」

眼鏡のブリッジをくいっと上げて、貴さんが表情を取りつくろった。

その様子が出会ったばかりの頃を思い起こさせて、私はくすくすと笑った。

最初はすごく感じが悪くて、心の中で『慇懃《いんぎん》無礼《ぶれい》メガネ』と呼んでいたことを思い出す。

その人と結婚するとは思ってもみなかった。

そして、こんなに幸せになるとは思わなかった。当時の私に言っても信じないだろう。

貴さんも照れくさそうに笑って、居間へと向かう。

当たり前だけど、家具やその配置が当時のままで感慨深い。

ここで三ヶ月貴さんと暮らしたのが、遥か前のことのような、この間のことのような、不思議な気分だ。

貴さんも懐かしそうに周りを見渡して、つぶやいた。

「ここで初めて君とキスをした」

当時の記憶がよみがえって、ぼわっと顔が熱くなる。

貴さんの肩揉《かたも》みをしていたら、キスされたんだった。この場所で。

顔を赤くした私を後ろから貴さんがハグする。頬を持たれ、振り向かされて、キスされた。

あの時を再現するような、触れ合うだけのキス。

私は彼に向き直って、貴さんを見上げた。

「ねぇ、あの時なんでキスしたんですか？」

まだ付き合ってもないし、気持ちさえもあやふやな段階だった。

「あかりが僕のことを思って一生懸命でかわいかったのと、その割に無頓着で僕のことをまったく意識していなそうだったから、かな？」

「狙《ねら》い通りでしたね。あれから意識しまくりましたもん」

口を尖《とが》らせて言うと、貴さんは笑ってまたキスをした。

「それは良かった。僕はあかりに逃げられて、ショックを受けていたけどな」

「ご、ごめんなさい」

誤解して、貴さんを避けてしまった。

しゅんと垂れた耳が見えるほど落ち込んでいた貴さんを思い出す。普段はこんなに超絶美形なのに、かわいすぎて感情が振り回されて困った。

「そういえば、貴さんはいつから私のことを好きだったんですか？」

ふと気になって聞いてみる。

貴さんは照れたように眼鏡のブリッジに指を当てて、視線を逸《そ》らした。

「一緒に寝ようと言った少し前あたりかな」

「えっ、そんな前から？」

「気がない女性に一緒に寝ようなんて言わない。君は睡眠薬代わりにされているぐらいに思っていたみたいだが」

当時の私の心情がバレていて、視線を泳がせた。

「でも、ドキドキはしていましたよ？」

「そうなのか？　君があまりに安心しきって熟睡しているから、自信をなくしていたよ。男として見られていないのかなと」

クールな表情の裏で、そんなことを考えていたとは知らなかった。

あの頃は自分が恋愛するとは思っていなかったから、貴さんを意識していなかったのかもと反省する。

今考えると、いくら不眠に同情したって、付き合ってもいない男の人と一緒に寝るなんてありえない。貴さんだったから了承してしまったんだろうなぁと思う。

「そこに緒方さんまで現れて、正直焦った」

「えぇー！　どうして？　緒方先輩と私は仲が悪かったでしょう？」

「いいや。あかりは気づいてなかったが、緒方さんが君に気があるのはすぐにわかった。君たちの気安い関係がうらやましかった」

「気づいていたんですか？　私は告白されるまで全然知らなくて……」

「告白されたのか!?　……かなり嫉妬《しっと》した。今もしている」

貴さんは拗《す》ねたような瞳で私を見下ろし、身体を引き寄せた。

（かわいい）

「嫉妬《しっと》なんてする必要ないのに」

背伸びして、彼にキスを贈る。

とたんに愁眉を開く貴さんは、本当にかわいい。

緒方先輩とはそれ以上はなにもなかった。先輩が今年結婚したことを貴さんも知っているはずだ。

それでも嫉妬《しっと》する彼に、頬が緩んでしまう。

「荷物を置いて出かけようか」

スーツケースを持ち上げて、貴さんは迷わず彼が使っていた部屋に向かう。

私も自分の部屋だったほうに向かうと、手を引っ張られて引き止められた。

「なんでそっちに行くんだ？」

と、貴さんについていった。


「あ、つい足が勝手に」

私たちが使っていた部屋は離れている。一緒に過ごしたいから、広い貴さんの部屋のほうがいい
そこも居間と同じくなにもかも三年前のままで、「わぁ、懐かしい」と声をあげてしまった。

この部屋も貴さんとの思い出が詰まった場所だった。

感慨にふけっていると、ふいに腰を抱かれ、ベッドに座らせられた。

隣に座った貴さんが唇を寄せてくる。

「あかり、やっぱり出かけるのはもう少しあとでも……」

「だめですよ！　お店の人に連絡しちゃったし、食材を買ってこないといけないんですから」

貴さんがしょんぼりするので、慌てて付け加えた。

「夜！　夜にゆっくりしましょう？」

「わかった。夜に、ゆっくりだな」

色っぽく流し目で見られて、唇を指で辿《たど》られる。

(これじゃ、まるで夜にしようって誘ったみたいだわ！)

顔から火が出そうになって、急いで立ち上がった。

「で、出かけましょう！」

貴さんはくすりと笑い、腰を上げた。

私たちは手を繋いで、すっかり観光地となった古民家の町並みを歩いていた。

土産物屋を冷やかし、酒蔵では日本酒飲み比べセットを味わった。といっても、主に貴さんが飲んで、私は一口ずつしか飲ませてもらえなかったけど。

ついつい管理者の目で、品揃えとか在庫の有無をチェックしてしまった。

私が携わっていた時より大幅に品数が増えて、ご当地キャラのようなものまでできていた。

お店の人も半分は新しい人だったが、中には私たちに気づいて話しかけてくれる人や、そっと手を振ってくれる人もいた。

「なんだか不思議ですね」

「なにが？」

「考えていたことが、いつの間にか実現していた感じです。私が離れているうちに」

なんの気なしに言うと、貴さんは眉尻を下げた。愁いを帯びた瞳が伏せられる。

「すまない。僕が君を東京に連れていってしまったからだな。君はここの仕事を気に入っていたのに」

「そういう意味で言ったんじゃないです！　私は自分の意志で貴さんのそばにいることを決めたんですよ？　無理やり連れていかれたわけじゃありません。それに今の仕事も気に入っています」

この間は公園にホタルの観察ができる施設を作った。ちゃんと育つかまだわからないけど、そういうことを考えるのもすごくおもしろくて、やりがいを感じている。

彼の手を両手で握《にぎ》り、力説しつつも、迂闊なことを言ってしまった自分に腹が立っていた。

貴さんを責める気はなかったのに。

貴さんがふっと笑った。

「それなら良かった。僕はそういうあかりの一生懸命なところが好きだ」

公道でさらりと言われて、顔から火が出そうになる。

（この顔でこの台詞はずるくない？）

私の旦那様は生真面目で優しくて、かわいい。

「私も貴さんのそういうところ、好きですよ」

恥ずかしくなりながらも私も小さく返した。

相変わらず貴さんは外食を好まないので、私たちはスーパーに行って食材を買ってきた。

もちろん宿泊プランには食事付きもあって、近くの古民家レストランで食べたり、デリバリーしてもらえたりする。

でも、私たちは懐かしいキッチンに並んで料理した。

座卓に料理を並べ、向かい合って食べていると、当時の気持ちがよみがえってくる。

楽しくって、切なくって、愛しくって。

いろんな感情を味わった。

目の前に座る貴さんの麗《うるわ》しい顔を眺《なが》める。

「なんだ？」

綺麗な瞳が眼鏡越しに見つめてくる。

「本当にこの人が旦那様になったんだなと思って」

「なんだ、それは」

貴さんは眼鏡のブリッジを押さえて、口もとを緩める。

「でも、そうだな。ここにいると、どうやってあかりを口説いたらいいのか悩んでいたことを思い出すな」

「その節はすみませんでした」

私は笑いながら、頭を下げた。

「本当だ。何度も断られて、心が折れそうになったよ」

貴さんも当時のことを思い出したのか、うるっとした目を向けてくる。私はこの瞳に弱い。

手を伸ばして、なぐさめるように手を繋いだ。


お風呂に入って、備え付けの浴衣に着替える。

貴さんの浴衣姿を初めて見たけど、さすが美形はなんでも似合っていて、ときめきが止まらない。

私が見惚《みと》れていると、まだ早い時間だったのに、貴さんに寝室に連れていかれた。

「夜に、ゆっくりする約束だっただろ？」

いつの間に約束になったんだろう？

そう思いながらも、いろんなことを思い出してセンチメンタルな気分になっていた私は、早く貴さんと抱き合いたくなっていた。

素直にベッドに腰かけたら、熱いキスが降ってきた。彼の首もとに腕を巻きつけて、それに応える。

舌をすり合わせ、お互いの唾液を呑み込む。

キスだけで気分が高まって、身体が熱くなった。

眼鏡を外し、ヘッドボードに置いた貴さんは、私をそっと押し倒した。

「あかりと結婚できて、本当にうれしいよ」

愛情深いまなざしで見つめられながら言われると、きゅんとしてしまう。

私は彼の身体を引き寄せた。

「私も！　私も貴さんと結婚できてうれしいです。私をあきらめないでいてくれて、ありがとうございます」

言い終わるやいなや、再び唇を塞《ふさ》がれた。

角度を変えて、何度も何度も。

余裕のない様子で身体をなでられる。

彼の手が浴衣の衿《えり》もとから入り込んできて、乳房を掴《つか》むように揉《も》んできた。痛くはないけど、いつもより性急な愛撫《あいぶ》に唾《つば》を呑む。

だんだん浴衣がはだけていき、胸が露出してしまう。

ピンと立った乳首に貴さんが吸いついた。

「あぁっ」

すでに高まっていた私はそれだけでイきそうになり、背を反らした。

口で吸われたり甘噛みされたりして、もう片方は指先で弄《いじ》られる。

「あんっ、や、あ……ん、はぁ、んっ」

普段より感覚が鋭くなっているようで、私は快楽に身をくねらせる。

お腹を滑《すべ》っていった貴さんの手が下着の中に入り込み、下生えの中の芽を探し出してくるっとなでさすった。

そこはもうしっとりと濡れていた。

蜜を塗すかのように触れられて、じんわり痺《しび》れるような快感が広がる。

「はぁっ、ん……あぁっ」

胸の先端と花芽を弄《いじ》られて気持ちいいけど、まだ触れられていない蜜口が物欲しげにピクピクするのを感じた。早く触ってほしい。でも言えなくて、身体を揺らす。

それに気がついた貴さんは、唇を胸から離し、口端を上げた。

その色っぽい笑みに、またお腹の奥が疼《うず》く。

貴さんは、もはや意味をなしていない私の浴衣の帯を解き、脚からショーツを引き抜いた。

彼も浴衣を脱いで、下着を取る。雄々しいものが立ち上がっていて、ごくりと喉を鳴らしてしまった。

「貴さん」

我慢できなくて、ねだるように呼ぶ。色気の滴《したた》る目つきで応えた貴さんが、私の太ももに手を当て、その間を自分のもので擦った。

秘部同士が擦れて、くちゅくちゅと卑猥な音を立てる。

快感が押し寄せるけど、まだ足りない。

「貴さん……」

もう一度ねだると、彼はクッと笑って、ゆっくり私の中に入ってきた。

彼のものが私を押し開いて進んでいくのがわかった。ほぐされていなかったけど、トロトロに濡れていた私は、あっさりその剛直を呑み込んだ。

「あ、あん……きもちい……」

焦らされたからか、ものすごく感じてしまって、彼をキュッと締めつける。

貴さんと一つになれて、多幸感に満たされる。

「あかり、かわいい」

額にキスを落とすと、貴さんは腰を動かし始めた。

小刻みに奥をつつかれるたびに快感が生まれて、全身に広がっていく。

ときおり、彼のものを覚え込ませるようにじっくりと腰を回して差し込まれ、脳が痺《しび》れる。

そのうち、存在を刻み込むように奥深くまで穿《うが》たれて、おかしくなるくらい気持ち良くて乱れた。

貴さんが私の両脚を掴《つか》んで折りたたみ、身体に押しつけた。

蜜口が上を向き、より深くまで彼を受け入れる。今度は真上から突き刺すように、奥を突かれた。

「あん、あっ、あぁ、あぁ、ああっ」

たまらず嬌声《きょうせい》をあげて、シーツを握《にぎ》りしめる。

視界がチカチカしたと思うと、私を見下ろす貴さんの顔が真っ白に塗りつぶされた。

快感が背筋を電流のようにすさまじい速度で通り抜けた。

「ああああ〜〜〜ッ」

盛大に達した私の奥を二、三度突き、貴さんも果てた。私の中に彼の熱いものが迸《ほとばし》るのを感じた。

私たちは少し前から避妊していなかった。

ドクッドクッと吐き出される子種を取り込むように、私の中が痙攣《けいれん》する。

ぎゅっと抱きしめられる。

「……ハア、ハア、こんな幸せ、君とじゃなきゃ、味わえなかった」

吐息が耳にかかり、ぽつりと言葉がこぼれ落ちてきた。

愛しさがあふれて、私も彼にしがみつく。

荒い息のまま、必死で返した。

「んっ、貴、さん……。私も、幸せです」

繋がったまま、お互いの息を分け合うように、私たちは口づけを繰り返した。

翌日は、オープンしたばかりの温泉宿に荷物を預けて、前も訪れた山にハイキングに行った。

それぞれの場所を繋ぐように巡回バスが走っていて、一番初めの打ち合わせで貴さんが言っていた交通網の整備がしっかり実現されていることに感心する。

ちなみに、昨日の夕食の残りで、貴さんがお弁当を作ってくれた。

これもあの時と同じだなぁなんて思いながら、ハイキングコースを登っていく。

でも、以前と違って、人出は多い。同じように頂上を目指して歩いていくグループがいくつかいた。

「空気が澄《す》んでいますね」

ここの空気のおいしさを実感して、深呼吸する。東京で暮らすようになって、以前は見逃していた良さに気づくようになった。

「息がしやすいと言ったのもわかるだろ？」

「はい。ここに住んでいた時は感じていませんでしたが、全然違いますね」

「まぁ、僕の場合は君がいたからというのもあるんだが」

不意打ちで甘いことを言って、貴さんは握《にぎ》った手の甲を指でなでてくる。

「もうっ、奥さんをこれ以上口説かなくてもいいんですよ？」

騒ぐ心臓をなだめて、熱くなった頬を押さえる。

「ははっ、僕は君を口説くのがくせになっているようだ」

めずらしく破顔して、貴さんがほがらかな表情を見せた。

頂上の展望台に着くと、眼下を見渡す。

こうして見ると、開発の成果が一目瞭然だ。あきらかに、商業施設と交通量が増えている。

このプロジェクトの責任者は貴さんだから、彼の成果でもある。

貴さんはここの開発だけでなく、新しい事業を起こし、お義父さんや役員たちの覚えもめでたいらしい。もう従兄の出る幕はなく、彼の立場は盤石なものになったそうだ。

あまり成果をひけらかさない貴さんだけど、たまにそういったことを話してくれる。彼の足を引っ張るんじゃないかと、私が不安に思っているのを知っているからだ。

貴さんは親族会議に私を絶対に連れていかず、ギスギスした親族との接点を極力少なくしてくれている。会社関係のイベントも最低限の参加で済むようにしてくれ、私が大丈夫だと言っても全力で守ろうとしてくれている。

その分、貴さんに負担がかかっているはずだ。無理してないかと心配だったけど、「前に言っただろ？　あかりがそばにいてくれると気力がみなぎって、なんでもできるんだ」と笑って取り合ってくれない。

でも実際、よく眠れているようで、顔色もいいし快活にもなった。

さすがに、お正月には國見家の集まりに二人で顔を出した。

残念ながら、誰一人として好意的な人はいないけど、気にしないことにする。

（私だって、貴さんがいればなんでもできるんだから！）

たまに言われる嫌みを笑って流して、貴さんが心配しないように過ごした。

この旅行はそんなイベントを耐えたご褒美みたいだった。


展望台はにぎわっていて、ＳＮＳ映えを意識して作ったブランコも大人気だ。みんな交代で乗っては、写真を撮っていた。

狙《ねら》い通りだとにんまりする。

備え付けのテーブルは空いてなかったので、私たちは芝生の上にレジャーシートを敷いて、そこでお弁当を食べることにした。

さりげなく虫チェックをして、レジャーシートを広げる。

（今が真冬で良かったな。さすがにアリ一匹いないわ）

虫がいないのは良かったけど、今日は風が冷たく寒い。自販機でペットボトルのお茶を買ってきて、手を温める。

「寒いのか？」

身震いした私を見て、貴さんが肩を引き寄せた。

彼にくっついた身体が温かかった。

せっかくのおいしいお弁当だったけど、日が陰って気温が下がってきたので、手早く食べて、山を下りることにした。

下っていくにつれて寒さはましになったけど、指先はかじかんでいる。私は手を擦り合わせた。

「う〜、寒い！　早く温泉に入りたい」

「この時間なら、もうチェックインできるだろ？　宿に直行するか？」

「でも、その前に寄りたいところがあるんです」

「どこに？」

「あの大クスですよ。結局、二人で行ったことはなかったでしょう？」

私は初めて貴さんにキスされた時、心を落ち着けにクスノキのところに行ったけどね。

「そういえばそうだな。僕も行ってみたい」

貴さんも同意してくれたので、宿に入る前に寄ることにした。


山を下りた私たちはまたバスに乗り、大クスのそばに行った。

周囲は綺麗に整備されていて、ここにも観光客がいた。

「この木に抱きつくと、ストレスが消えるんだって」

カップルが、クスノキの横にある看板を読んで話していた。

このクスノキは、前に貴さんが提案していたように、天立市が天然記念物に指定されるよう意見具申して、文化審議会が調査しているところらしい。

癒《いや》し効果があると評判で、ＳＮＳにもちらほら写真が上がっていた。

周りに人影がなくなったので、私は貴さんに声をかけた。

「私たちもやってみます？」

「そうだな」

そう言った貴さんと、クスノキに抱きついた。

ごつごつとした幹は以前と同じでほんのり温かい。耳を当てると、かすかにごぉっとなにかが通り抜けるような音がした。

お正月の集まりのことを思い出してから、ちょっと憂鬱な気分になっていたのが、一緒に抜けていくようだった。

「癒《いや》されますか？」

真面目な顔でクスノキに抱きついている貴さんに尋ねると、彼は私を見て笑った。

「いや、今はほとんどストレスがないからな。それに――」

そう言いながら、貴さんは私に覆《おお》いかぶさってきた。彼とクスノキに挟まれる。

「こうして、あかりに抱きついているほうが癒《いや》される」

背中が温かくなって、いつもの紅茶の香りに包まれる。

私は癒《いや》されるどころか、鼓動が激しくなってしまった。

「もう、貴さん！」

振り返ると、綺麗な顔が間近にあった。彼が口端をクッと上げる。

艶っぽい笑みに見惚《みと》れた。

イケメンなんて三日で見慣れると思っていたのに、何年経ってもときめいてしまう。

それは貴さんだから。

特別な人だから。

私は身体ごと向き直って、貴さんに抱きついた。


クスノキを堪能したあと、私たちはようやく温泉宿にやってきた。

そこは古民家と同じ白い漆喰《しっくい》の壁に焦げ茶色の柱、黒っぽい瓦屋根の風情ある建物だった。

「素敵ですね。オープンしたばかりなのに老舗感が漂っているし」

「老舗感か」

貴さんは私の感想に笑って、説明してくれた。

「柱にあえて古い木材を使って、雰囲気が出るようにしたんだ。デザインも明治時代の建物の設計図をアレンジしているから、それっぽいだろ？」

「古民家群とマッチしていますね」

新しい建物なのにこの地域の雰囲気に馴染《なじ》んで、魅力的になっている。

さすがだなぁと感心しながら、中に入る。

私たちが予約したのは、露天風呂付きのちょっと豪華な部屋だ。

仲居さんに案内されて、格子戸を開けると広い畳の部屋だった。

「和洋折衷なんですね」

畳の上に座卓があり、よく見ると、掘りごたつになっている。奥のキングサイズのローベッドは、臙脂《えんじ》色のベッドスローがシックだ。

床の間には、新春らしい黄色い福寿草が生けられていた。

モダンな模様の入っている小粋な障子を開けると、大きな開放感のある窓からあの大クスが見えて、夕暮れの借景も美しかった。

「外国人観光客も見据えて設計したからな」

「なるほど。確かに、和モダンでおしゃれだし、誰でも使いやすくていいですね」

そんな会話を交わし、ワクワクしながら部屋を見て回る。

縁側のようなバルコニーには檜《ひのき》の露天風呂があった。露天といっても、屋根はあるから、半屋外といった感じだ。

源泉かけ流しだと仲居さんが言っていた。

「早く入りましょうよ。温まりたいです」

「そうだな」

ご飯の時間までたっぷり時間があったので、私たちは早速、露天風呂に入ることにした。

今日の夕食は視察も兼ねているので、旅館の会席料理だ。

部屋でゆったり食べられるので、それも楽しみだった。


「ふぅぅ〜、気持ちいい……」

温泉に浸かって、私は大きく息を吐いた。貴さんにもたれかかって、脚を伸ばす。

私は貴さんに後ろから抱っこされた状態で、お湯に浸かっていた。

お腹に手が回っているので、私は安心してくったりと身体の力を抜いていた。

冷えた身体がじわじわ解凍されていくようだった。

「心地いいな」

リラックスした声が頭の上から聞こえる。

乳白色の温泉のお湯はとろりとしていて、しっとりと肌に馴染《なじ》む。

「美肌になるかなぁ」

ここのお湯は美肌効果があるらしい。確かに、もう腕がつるつるになった気がする。

「あかりはもともと美肌だろ？」

貴さんがおもむろに私のうなじに口づけた。

「ひゃあ！」

くすぐったくて、私は飛び上がりそうになる。

そんな私の身体を押さえて、貴さんは首すじにキスを落としながらお腹をなでた。

「ほら、すべすべだ」

「ちょ、ちょっと、貴さん!?」

振り向くと、にんまりした彼の顔があった。貴さんは軽く口にキスしたあと、私の背中に唇をつけた。

肩を支えられ、背中を唇が這《は》っていく。

ぞわぞわとした快感が湧《わ》き起《お》こり、呼吸が浅くなった。

お腹をさすっていた手はだんだん上へと移動して、胸の膨《ふく》らみをゆっくりとなでる。

触られているのは、背中と胸だけなのに、身体の奥が期待に震《ふる》えた。

でも、ここは半分外のようなものだ。

(こんなところで……)

そう思うものの、胸の先端を摘《つ》まれて、「ああんっ」と嬌声《きょうせい》をあげてしまう。

慌てて口を押さえて、貴さんを睨《にら》む。

私のそんな視線にも動じず、澄《す》ました顔の貴さんは、指先で乳首を弄《いじ》りながら、手のひらでたぷたぷと胸を揺すった。

「んっ、あっ……」

耳たぶを甘噛みされて、耳穴に舌を入れられる。

「あかりはここが弱いな」

貴さんの楽しげな声が、直接鼓膜に響く。

彼は身体を密着させるように腕を回して、胸を揉《も》みしだきながら、耳穴を攻めた。

「あ、ぅん、だって……!」

体温が急激に上がる。

(誰だって、そんなところ弱いわよ!)

湿った音が頭に響いて、私は身をくねらせた。

パチャパチャと波が立つ。

くすっと笑った貴さんは私の脚の間に手を伸ばした。

「あんっ、やっ、だ、ダメっ、です！」

中指で割れ目をなでられる。お湯だけではないとろみを感じて、慌てて彼の手を止めようとする。

「あぅっ、声が……聞こえちゃいます！」

「聞こえないようにすればいいか？」

そう言った貴さんは私を振り向かせて、唇を塞《ふさ》いだ。舌を絡めて擦られて、指では割れ目の上の尖《とが》りをなでられる。

私の弱点を知り尽《つ》くしている貴さんは、あっという間に官能を高めていく。

気持ち良さにぽーっとしてしまい、止めようとした手も彼の腕に添えるだけになる。私は彼のなすがままになってしまった。

その上、中に入ってきた指が膣壁を擦り上げ、私は背を反らした。

「んっ、んんーっ、んんっ」

貴さんの手の動きに合わせてちゃぷちゃぷと音がして、それがやたらと淫《みだ》らに聞こえた。

「……あかり、もう挿《い》れていいか？」

切羽詰まったような声で、貴さんが聞いてくる。

さっきから、お尻に硬くてお湯より熱いものが当たっていた。

こくんとうなずくと、私を膝立ちにさせて、貴さんは後ろから挿入してきた。

「あ、ああ、ん……」

思わず、浴槽の縁を握《にぎ》りしめる。

彼のものが奥まで入って、気持ち良くて仕方がない。

ぬちぬちと動かれると、中が震《ふる》えるのを感じた。

くっと息を漏らした貴さんは、私のお尻に打ちつけるように腰を動かした。

「あっ、ん、ああっ、やぁ、んんっ」

声が抑えられなくて、私は手で口を塞《ふさ》ぐ。

腰を持たれて突き上げられると、快感が脳を直撃して、また喘《あえ》いだ。

パシャパシャが、バシャバシャに変わり、激しく穿《うが》たれたあと、私たちは同時にイった。

「はぁ、はぁ、はぁ……」

心臓が早鐘を打ち、息が苦しい。身体がとんでもなく熱い。

ドクドクと吐き出された彼の精を身体の奥に感じる。

(そういえば、早く子どもを作れって言われたなぁ)

息が収まらない中、ぼんやりと思い出す。

新年の挨拶《あいさつ》に伺った時に、お義父さんに言われたのだ。

正確に言うと、お義父さんは私に直接は話しかけないので、貴さんに言っていたのだけど。

貴さんが私を膝に抱き上げ、浴槽の縁に座った。

そして、同じことを思い出したのか、ぽつりと言った。

「子どもはできてもできなくてもいい」

「でも、後継ぎが必要ですよね？」

「そんなのは気にしなくていい」

貴さんはきっぱりと言ってくれた。

優しいまなざしで、私の頬を指でなでる。

「ただ、あかりの子はかわいいだろうから、欲しいとは思う」

付け加えられた言葉に胸がきゅうっとなる。

「私だって、貴さんの赤ちゃん、欲しいです！　絶対にかわいい！」

そう叫んだ私に、貴さんは形のいい唇の端を上げて言った。

「それなら、励まないとな」

彼のものが大きくなった気配がして、急いで止める。

「もう、ここではダメですよ！」

「ダメか？」

うるんとした目で見つめられる。

子犬のようなこの表情に、私はとことん弱い。

「べ、ベッドに行きましょう！」

「わかった」

とたんに、ご機嫌な顔になった貴さんは、私を抱き上げた。

それから私は食事の時間ギリギリまで愛された。

私たちの頑張りが実を結んだのがわかったのは、その三ヶ月後だった。

〜大人のための恋愛小説レーベル〜

ETERNITY
エタニティブックス

上司は極上の溺愛オオカミ！
契約婚ですが、エリート上司に淫らに溺愛されてます

ETERNITY Rouge

エタニティブックス・赤

入海月子《いるみつきこ》

装丁イラスト／れの子

政略結婚の道具として育てられた、自分に自信のない社長令嬢の葉月《はづき》。社長の座を狙う悪い男の魔の手から救ってくれた社内人気No.1のエリート上司・間宮《まみや》理人《りひと》が、ひょんなことから一年限定の契約の婚約者に！　お互いの利害が一致したドライな関係のはずが、イジワルで甘い彼の手でとろとろに甘やかされて……!?　ウブな社長令嬢×ワケあり策士上司の極上溺愛ラブ！

※エタニティブックスは大人の女性のための恋愛小説レーベルです。ロゴマークの色で性描写の有無を判断することができます（赤・一定以上の性描写あり、ロゼ・性描写あり、白・性描写なし）。

詳しくは公式サイトにてご確認ください。
https://eternity.alphapolis.co.jp/

携帯サイトはこちらから！

〜大人のための恋愛小説レーベル〜

ETERNITY
エタニティブックス

ETERNITY Rouge エタニティブックス

淫らで溺甘な身分差婚

策士なエリート弁護士に身分差婚で娶られそうです

エタニティブックス・赤

伊東悠香《いとうゆうか》

装丁イラスト／rera

お人好しＯＬの芽唯《めい》は、とある事情で転職活動に勤しんでいた。そんなある日、社長であるエリート弁護士・橘《たちばな》公輝《まさき》を好きにならないという条件で、彼の秘書として採用される。それなのに、芽唯のあるひと言がきっかけで、クールなはずの公輝が豹変し、あの手この手で芽唯を甘やかしてきて……!?　ドＳ弁護士の底なしの求愛に、経験値ゼロの芽唯は身も心も陥落寸前!?

※エタニティブックスは大人の女性のための恋愛小説レーベルです。ロゴマークの色で性描写の有無を判断することができます(赤・一定以上の性描写あり、ロゼ・性描写あり、白・性描写なし)。

詳しくは公式サイトにてご確認ください。
https://eternity.alphapolis.co.jp/

携帯サイトはこちらから!

～大人のための恋愛小説レーベル～

ETERNITY エタニティブックス

ETERNITY エタニティブックス Rouge

エタニティブックス・赤

監禁して甘やかされる!?
隠れドS上司の過剰な溺愛には逆らえません

如月《きさらぎ》そら

装丁イラスト／わいあっと

陽菜乃《ひなの》はTL小説作家だが男性経験ゼロ。ある日、上司の森《もり》野《の》が女性に迫られ、小説のドSヒーローのように華麗にあしらっているのを目撃する。大胆にも取材の名目で森野をホテルに誘う陽菜乃に、森野は全てを包み込むような、とろとろに甘く愛のある行為をしてくれて——。天然TL作家×極上美形ハイスペ上司の、とろけるリアルTLラブストーリー！

※エタニティブックスは大人の女性のための恋愛小説レーベルです。ロゴマークの色で性描写の有無を判断することができます（赤・一定以上の性描写あり、ロゼ・性描写あり、白・性描写なし）。

詳しくは公式サイトにてご確認ください。
https://eternity.alphapolis.co.jp/

携帯サイトはこちらから！

〜大人のための恋愛小説レーベル〜

ETERNITY
エタニティブックス

ETERNITY エタニティブックス Rouge

限度を知らない極甘溺愛！
ドS社長の過保護な執愛

エタニティブックス・赤

本郷《ほんごう》アキ

装丁イラスト／南国ばなな

建築家の槌谷明司《つちやあかし》に憧れて、彼のもとで設計士として働く二十八歳の紗絵《さえ》。しかし尊敬してやまない憧れの人は――仕事に厳しいドS鬼上司だった！　彼と働ける幸せを喜んだのも束の間、あまりのドSっぷりに、紗絵の愚痴と残業は増えるばかり。ところがひょんなことから、紗絵に対する明司の態度が激変して……!?　反則レベルのイケメン様の、限度を知らない極甘ド執着ラブ!!

※エタニティブックスは大人の女性のための恋愛小説レーベルです。ロゴマークの色で性描写の有無を判断することができます（赤・一定以上の性描写あり、ロゼ・性描写あり、白・性描写なし）。

詳しくは公式サイトにてご確認ください。
https://eternity.alphapolis.co.jp/

携帯サイトはこちらから！

～大人のための恋愛小説レーベル～

ETERNITY
エタニティブックス

ETERNITY Rouge
エタニティブックス

エタニティブックス・赤

お見合いで再会したのは初恋の彼!?
幼馴染のエリートDr.から一途に溺愛されています

小田恒子《おだつねこ》

装丁イラスト／亜子

優花《ゆうか》は父の病院で働く傍ら「YUKA《ユカ》」の名で化粧品メーカーのイメージモデルを務めるお嬢様。素顔はとても控えめなので誰も優花があの「YUKA」と同一人物とは気付かない。そんなある日、縁談で初恋の君・尚人《ひさひと》と再会する。当時と変わらず優しく、さらに男らしく成長した彼の一途なプロポーズにときめく優花だが、思いがけず彼の出生の秘密を知らされることとなり——!?

※エタニティブックスは大人の女性のための恋愛小説レーベルです。ロゴマークの色で性描写の有無を判断することができます（赤・一定以上の性描写あり、ロゼ・性描写あり、白・性描写なし）。

詳しくは公式サイトにてご確認ください。
https://eternity.alphapolis.co.jp/

携帯サイトはこちらから！

～大人のための恋愛小説レーベル～

ETERNITY エタニティブックス

ETERNITY エタニティブックス Rouge

エタニティブックス・赤

鬼上司のギャップに腰砕け!?
鬼上司の執着愛にとろけそうです

クラリス

装丁イラスト／上原た壱

ずっと好きだった会社の先輩と同期の友人が付き合い始めたことを知り、落ち込んでいた結衣《ゆい》。元気のない彼女を飲みにつれ出してくれたのは、見た目だけは素晴らしい鬼上司、湊蒼佑《みなとそうすけ》だった。ここぞとばかりに飲んだくれ、散々くだを巻き――翌朝目を覚ますと、何故か蒼佑の家のベッドに裸でいて!?　初心なＯＬがエリート上司に愛され尽くす溺愛＆執着ラブストーリー！

※エタニティブックスは大人の女性のための恋愛小説レーベルです。ロゴマークの色で性描写の有無を判断することができます（赤・一定以上の性描写あり、ロゼ・性描写あり、白・性描写なし）。

詳しくは公式サイトにてご確認ください。
https://eternity.alphapolis.co.jp/

携帯サイトはこちらから！

この作品に対する皆様のご意見・ご感想をお待ちしております。

おハガキ・お手紙は以下の宛先にお送りください。

【宛先】

〒150-6008 東京都渋谷区恵比寿 4-20-3 恵比寿ｶﾞｰﾃﾞﾝﾌﾟﾚｲｽﾀﾜｰ８F
（株）アルファポリス　書籍感想係

メールフォームでのご意見・ご感想は右のＱＲコードから、
あるいは以下のワードで検索をかけてください。

アルファポリス　書籍の感想　検索

ご感想はこちらから

堅物副社長《かたぶつふくしゃちょう》の容赦《ようしゃ》ない求愛《きゅうあい》に絡《から》めとられそうです

入海月子（いるみ　つきこ）

2023年 6月 25日初版発行

編集－星川ちひろ、飯野ひなた
編集長－倉持真理
発行者－梶本雄介
発行所－株式会社アルファポリス
〒150-6008 東京都渋谷区恵比寿4-20-3 恵比寿ｶﾞｰﾃﾞﾝﾌﾟﾚｲｽﾀﾜｰ8F
TEL 03-6277-1601（営業） 03-6277-1602（編集）
URL https://www.alphapolis.co.jp/
発売元－株式会社星雲社（共同出版社・流通責任出版社）
〒112-0005 東京都文京区水道1-3-30
TEL 03-3868-3275
装丁・本文イラスト－秋吉しま
装丁デザイン－AFTERGLOW
（レーベルフォーマットデザイン—ansyyqdesign）
印刷－中央精版印刷株式会社

価格はカバーに表示されてあります。

落丁乱丁の場合はアルファポリスまでご連絡ください。

送料は小社負担でお取り替えします。


ISBN978-4-434-32171-9 C0093